기적의 연출 5

서산화 장편소설

초판 1쇄 찍은 날 § 2017년 1월 18일
초판 1쇄 펴낸 날 § 2017년 1월 25일

지은이 § 서산화
펴낸이 § 서경석

편집책임 § 김슬기

펴낸곳 § 도서출판 청어람
등록번호 § 제387-1999-000006호
등록일자 § 1999. 5. 31
어람번호 § 제1-2610호

주소 § 경기도 부천시 부일로 483번길 40 서경B/D 3F (우) 14640
전화 § 032-656-4452 팩스 § 032-656-4453
http://www.chungeoram.com
E-mail § chungeorambook@daum.net

ISBN 979-11-04-91171-2 04810
ISBN 979-11-04-90993-1 (세트)

Miracle Direction
기적의 연출
5
서산화 장편소설
FUSION FANTASTIC STORY
도서출판
청어람

Contents

Chapter 1
폭풍 전야II

〈새벽〉의 흥행 기록을 〈투데이〉가 연일 추격하고 있었다.

쫓고 쫓기는 두 작품 모두 지호가 만든 영화였다.

한편 미국으로 돌아간 리나 프라다는 본격적인 제작에 들어갔다. 그녀는 크랭크인(crank in) 보도를 내보냈다.

그사이 지호는 프리프로덕션에 착수했다. 그는 가장 먼저 투자금을 확보하기 위해 투자사를 추렸다. 그렇게 추린 명단과 지금까지의 진행 내용을 지참하고 지혜를 대동한 채 NFTS팀이 상주하고 있는 호텔로 찾아갔다.

호텔 라운지의 비즈니스 룸에서 모인 그들은 서로 인사를 나눴다.

지혜가 먼저 입을 열었다.

"다들 반가워요. 실력이 대단하다는 이야긴 많이 들었어요! 라고 전해줘."

아무래도 영어가 능숙한 지호가 통역을 했다.

그러자 NFTS팀의 대표라 할 수 있는 말라이카가 대답했다.

"칭찬 고마워요. 아, 지호야. 우리 팀원들 좀 소개해 주겠어?"

서로를 소개한 지호는 벌써부터 진이 빠지는 느낌이었다.

'계속 이런 식으로만 대화해야 하나?'

지호의 걱정이 무색하게도, 지혜는 영어를 조금이나마 할 줄 알았기에 지호의 통역을 받지 않고 스스로 대화를 할 수 있었다.

간단한 인사치레를 마친 그녀는 NFTS팀에게 투자받을 회사 명단을 건네며 본론으로 들어갔다.

"투자사들을 추려봤어요."

명단을 훑은 말라이카가 눈을 동그랗게 뜨며 물었다.

"예산을 확보할 곳이 생각보다 너무 적네요? 지호 정도면 너도 나도 투자 못해서 안달일 텐데?"

"그게… 다음 영화가 사회 고발 영화거든요. 그것도 현 한국 사회의 실권자들의 라인업을 뒤집어엎을 만한 내용이죠. 따라서 비밀 유지가 중요해요. 이 명단의 회사들은 그나마 믿을 만한 곳들이고요."

"왠지 토마스 맥카시(Thomas McCarthy)의 〈스포트라이트〉가 떠오르네요."

그때 지호가 끼어들며 정정해 주었다.

"〈스포트라이트〉는 대부분의 사회 고발 영화들처럼 이미 밝혀진 사건을 되짚은 영화지. 하지만 우리가 만들 영화는 철저히 은폐되었던 사건을 최초로 밝히는 거야."

"그 사건을 은폐하고 싶어 하는 사람들은 방금 말했던 한국 사회의 실권자들이고?"

"그렇지."

"좀 위험하겠는데?"

"그럴지도."

지호는 부정하지 않았다. 위험성을 충분히 인지하고 시작해야 하는 일이었기 때문이다.

그러자 말라이카가 NFTS팀을 보며 물었다.

"위험하대. 너희 생각은 어때?"

그에 앤이 선뜻 대답했다.

"완전 흥분되는데? 우리가 영화의 주인공이라도 된 기분이야!"

"나도 찬성! 사회에 도움이 되는 영화도 만들어 봐야지."

빌이 거들자, 다른 팀원들도 고개를 끄덕였다.

지호는 말라이카를 보며 물었다.

"말라이카, 너?"

"난 원래 짜릿한 일이라면 사족을 못 쓰는 거 알잖아?"

참 유쾌하고 겁 없는 친구들이었다.

피식 웃은 지호가 지혜에게 말했다.

"누나. 투자에 관한 부분은 여기 앤 로버츠에게 맡기면 될 거예요. CYN엔터테인먼트만 제가 직접 만나볼게요."

그러자 고개를 끄덕인 지혜가 물었다.

"㈜필름은? 여기도 꽤 큰 곳이야."

"음."

그녀가 손가락으로 가리킨 회사의 대표 이름을 빤히 내려 다보던 지호가 대답했다.

"전에 남길수 대표를 만난 적이 있어요. 이쪽은 좀 위험해 요. 돈이 된다면 뭐든 할 사람이랄까… 여배우 오수정 씨만 따로 만나볼게요."

지혜는 시간을 잡아먹는 질문을 최대한 줄이고 다음으로 이어갔다.

"일단 스태프 인터뷰를 마쳤어. 그들에겐 모두 비밀 유지 동 의서를 받아뒀고."

그에 빌이 물었다.

"응? 우리 말고도 스태프들이 더 있는 거야?"

지호는 고개를 끄덕였다.

"응. 일단 어느 쪽이 A팀, B팀이 될지는 지켜봐야겠지만…
두 팀으로 나눌까 해. 속도를 붙이고 완성도를 높이기 위해
서."

항상 시간에 쫓기는 드라마는 무조건 촬영팀을 나눈다. 그
러나 영화 촬영 땐 선택 사항이었다.

지호는 원래 팀을 나누지 않는 편이었는데 이번에는 새로운
시도를 하는 셈이었다.

'만약 우리를 방해하려는 자들이 눈치챈다면 개봉을 막으
려 들 수도 있어. 눈치채기 전에 최대한 서둘러야 해.'

상황이 이렇다 보니 날치기 개봉을 하는 수밖에 없었다.

그런 사정을 모르는 빌은 크게 신경 쓰지 않았다.

"좋아. 그럼 섭외는 완전히 끝난 거야?"

"아니, 아직. 일단 확정된 사람들만 말해줄게."

지호는 가방에서 스태프 섭외 명단을 꺼낸 뒤 말을 이었
다.

"무술감독은 한국 무술 연기자 협회 정상인 대표, 서브로
이강우 무술감독. 조연출은 이지혜. 미술감독은 말라이카 팔
빈. 음향감독은 앤 로버츠. 조명감독은 빌 안데르센. 그리고
카메라감독, 기획, 제작, 각본, 편집, 연출은 신지호. 이렇게 한
팀이야."

"뭐? 너 혼자 여섯 가지 역할을 소화하겠다고?"

말라이카가 묻자 지호가 자신 있게 고개를 끄덕였다.

"응. 유동적으로 조금씩 스태프들끼리 서로 역할에 도움을 줄 수는 있겠지만."

"뭐, 불가능한 건 아니겠지만……."

그녀는 말끝을 흐렸다. 지호가 팀원들을 신뢰하지 못하는 것 아니냐는 의미가 깔린 반응이었다.

지호는 이 부분에 대해 해명했다.

"아버지의 유작을 직접 촬영해 보면서 그분의 발자취에 한 발 다가가 보고 싶어."

뭉뚱그려 말했지만 여기에는 내밀한 동기가 있었다.

아버지의 유작을 영화로 만든다는 것은 작품을 쓸 당시 아버지의 머릿속을 들여다보고, 시각화시키는 작업이었던 것이다.

그렇게 생각하면 아버지란 존재에 좀 더 가까워지는 느낌도 들고, 사고 이후 잃어버린 부모님과의 기억에 대해 실마리를 찾을 수 있지 않을까 하는 막연한 기대감도 드는 게 사실이었다.

워낙 민감한 부분인지라 팀원들도 더는 토를 달지 않았다.

이내 고개를 저어 잡생각을 털어낸 지호가 배우 명단을 공개했다.

"다음 주연으로는 조용빈, 명선기, 이석기, 강민규 배우가. 조연으로는 테일러 빈이 확정됐어. 배역은 아직 정해지지 않은 상태고. 모두 예전에 작업했던 경험이 있는 배우들이야."

"배우들 모두 아직 신인이지만 연기력은 보증된 사람들이죠."

지혜가 거들었다.

NFTS 팀원들은 고개를 끄덕였다.

그들을 대표해 말라이카가 말했다.

"명배우는 감독이 만드는 법이죠. 우리 모두 지호라면 섭외부터 연기 연출까지 빈틈없이 잘 해낼 거라고 믿어요."

확신 어린 말투를 들으며 지혜는 조금 부러운 마음이 들었다.

'내게도 이토록 믿고 따라주는 스태프들이 있다면 얼마나 좋을까?'

엄연히 말해 그녀는 지호의 고정 팀이 아니었다.

이번 영화가 끝나면 언제든 각자의 길을 갈 수 있는 상황인 것이다.

지혜는 고개를 흔들며 잡생각을 털어냈다.

'스태프들의 마음을 움직이는 건 감독의 연출 능력뿐이야.'

오직 그것만이 변치 않는 진리였다.

*　　　*　　　*

지호는 CYN엔터테인먼트 사옥을 찾아갔다. 최태식과 연락
해 이미 약속을 잡아둔 상태였다.

1층에선 몇몇 신인배우들이 대본을 보며 떠들썩하게 대사
를 주고받고 있었다.

이내 건물 안에 들어선 지호가 선글라스를 벗자 그들의 눈
이 휘둥그레졌다.

배우들이 수군거리기 시작했다.

"신지호 감독님 아니야?"

"와, 대박! 신지호 감독님이 우리 회사엔 왜 오신 거지?"

"우리 회사가 크긴 크네. 신지호 감독님이 다 방문해 주시
고……."

그들은 마치 팬들이 자신들을 바라볼 때처럼 눈을 반짝이
며 지호를 주시하고 있었다.

신인배우들에게 지호는 존경을 보일 수밖에 없는 거인이었
다. 오죽하면 그가 불편할까봐 함부로 말도 걸지 못했다.

자신을 우러러 보는 신인배우들의 눈빛을 모른척한 지호가
엘리베이터를 타고 대표실로 올라갔다.

대표실에선 최태식이 기다리고 있었다.

"오, 반가워요! 이게 얼마만인지 모르겠군요."

"안녕하세요. 고등학교 때 뵀었습니다."

정확한 대답을 들은 최태식은 지호가 자신을 기억하고 있다는 사실에 기뻤다.

"하하! 날 기억하는구면. 그나저나 요새도 우리 유나랑 잘 지내고 있지요? 아, 서 있지 말고 거기 소파에 좀 앉아요!"

그는 미리 준비해 둔 투자 계약서를 꺼내며 말을 이었다.

"조연출이란 분에게 이야긴 듣기로 투자사를 구한다고 하던데… 제작 기간 동안 영화에 대한 모든 부분을 외부에 철저히 비밀로 해야 한다면서요? 도대체 어떤 영화기에 이렇게 신중을 기할까, 궁금해서 가만히 있을 수가 있어야지요."

지호는 주변을 살피며 머뭇거리다 이내 작품에 대한 내용을 설명했다.

"…이러한 사정이 있어서 저희가 철저히 비밀리에 진행하고 있던 겁니다. 대표님께도 미리 말씀드리지 못한 점 양해 바랍니다."

지호에게 모든 이야기를 듣고 난 후에야 그가 비밀을 유지하고자 한 이유를 알게 된 최태식은 놀라움을 금치 못한 채 지호에게 투자 계약서를 내밀었다.

"아, 그러한 이유가 있었군요. 그 부분이라면 충분히 이해합니다."

"이건……?"

긴네빈은 계약서를 쭉 읽어 내려가던 지호는 당황했다.

계약서 지면에 금액과 배당률이 공란으로 되어 있었기 때문이다.

그러자 최태식이 씩 웃으며 대답했다.

"부담 없이 신 감독이 원하는 금액을 적으면 됩니다."

최태식은 지호가 얼마를 적든 상관없다는 듯 태연한 태도를 취했다.

반면 지호는 당황스러운 기분에 빠졌다.

'일단 최대치를 적자.'

그는 한참의 고민 끝에 공란에 금액과 배당률을 적어 넣고 싸인한 뒤 계약서를 돌려주었다.

지호가 건넨 계약서를 슥 읽어본 최태식은 싸인을 했다.

"신 감독 작품에는 얼마를 투자하든 아깝지 않습니다."

그는 선심 쓰듯이 말했지만 지호는 있는 그대로 받아들이지 않았다.

사실 영화 투자 자체가 언젠가는 이익을 보는 사업이었다.

계약 내용에 따라 조금씩 다를 수는 있지만, 개봉 당시의 수익으로 메우지 못한 부분은 언젠가 DVD나 VOD 수익으로 충당되는 것이다.

하지만 이러나저러나 지호는 두 손 들고 환영할 일이었다.

여러 곳에서 투자를 받는다면 영화 내용이 노출될 위험도 함께 커지기 때문이다.

"감사합니다, 대표님. 긴장했는데 계약이 생각보다 쉽게 성사됐네요."

"그야 신 감독 명성이 있으니까요. 지금은 어딜 가든 마찬가지일 겁니다. 협회들이 눈에 불을 켜고 있든 말든 사업가들은 돈이 되면 추진합니다. 오히려 모험을 하고 다른 경쟁자들을 따돌릴 수 있는 좋은 기회지요."

"그런 식으로는 생각해 보지 못했습니다."

"주변에서 아우성을 쳐도 너무 부담 갖지 말라는 뜻에서 한 말입니다. 성공한 사람들에게는 대개 적이 많아요. 주변 시선에 익숙해져야 할 겁니다."

의미심장한 말을 던진 최태식은 전에 없이 망설이며 입을 열었다.

"그건 그렇고, 우리 계약과 별개로 물어볼 부분이 있습니다."

"네, 대표님."

"우리 유나도 이번 영화의 섭외 명단에 포함돼 있습니까?"

순간 지호는 난처했다.

사실 처음부터 유나를 고려하지 않았던 건 아니었다.

다만 영화 자체가 정치인들의 부정적인 면을 다루고 있었기 때문에 배역도 그만큼 부정적인 성향이 짙었다.

단아한 유나의 이미지와도 맞지 않을 뿐더러 신인배우 이미지에 부담스러운 배역인 것이다.

"이십 대 여배우한테 주어진 배역들이 창부뿐입니다."

"차… 창부요?"

최태식의 얼굴색이 단번에 붉어졌다.

상상만 해도 용납할 수 없었던 것이다.

그에 지호가 고개를 끄덕이며 대답했다.

"관람 등급은 15세 이상 관람 가능 정도로 보고 있지만, 아직 이미지가 잡혀 있지 않은 배우가 출연하게 될 경우 앞으로의 배우 이미지에 좋지 않을 수도 있다고 생각합니다."

"으음. 이 이야긴 없던 걸로 합시다."

그 어떤 아버지가 딸이 창부 역할을 하길 원하겠는가.

아무리 배우란 직업적 특성을 이해한다 해도 받아들이긴 쉽지 않을 터였다.

항상 유나를 공주 취급해 왔던 팔불출 아버지 최태식이라면 더욱 그랬다.

'연기를 시작한다고 했을 때도 무척 다퉜었지.'

최태식은 지호와 이번 영화에 관해 이런저런 이야기를 나누는 사이에도 유나에 대한 생각을 떨칠 수 없었다.

마침내 결심한 그가 어렵사리 지호를 불렀다.

"신 감독."

"네?"

"혹시, 혹시 말입니다. 유나가 신 감독 영화에 출연하고 싶어 한다면 오디션을 보게 해줄 수 있습니까?"

"아, 그건 어렵지 않죠."

물론 오디션 자리 정도야 얼마든 마련해 줄 수 있었다.

아무리 유나와 배역의 이미지가 부합하지 않는다지만 본인만 응해준다면 직접 보는 편이 지호로서도 좋았다.

다만 거품 물고 반대할 줄 알았던 최태식이 여지를 열었다는 점이 의외였다.

'당연히 반대하실 줄 알았는데.'

그때 최태식이 일그러진 표정으로 말했다.

"고마워요. 이건 본인이 결정해야 될 문제니까 내 한번 유나에게 물어보겠습니다."

*　　　　*　　　　*

늦은 밤, 집으로 돌아간 최태식은 유나 방을 찾아갔다.

유나는 시간이 꽤나 늦었음에도 불구하고 아직 잠들지 않고 희곡 책을 읽는 중이었다.

문간에 기대 잠시 그녀를 보고 있던 최태식이 약간 과장된 웃음을 터뜨리며 말을 붙였다.

"하하하, 우리 공주님! 책 읽고 있었느냐?"

"아빠. 이제 들어오셨어요?"

유나는 책을 덮으며 물었다.

"응? 술 마셨어요?"

"그래. 관계자들 만나서 한잔했다."

"으, 술 냄새."

"하하, 미안해."

손을 휘휘 내저은 최태식이 말을 이었다.

"실은 오늘 낮에 신 감독이 사무실로 찾아왔다."

"신 감독? 지호가 아빠 사무실에 갔다고요?"

"그래. 다음 영화의 투자 계약서에 싸인을 하고 갔지."

"그럼 지호랑 술 드신 거예요?"

유나는 잘못 짚었다.

고개를 저은 최태식이 대답했다.

"아니, 이건 관계자들이랑 마신 거고… 아무튼! 신 감독이랑 다음 작품에 대한 얘길 잠깐 나눴는데 온통 나쁜 놈들 이야기더구나. 주조연 중에 여자는 딱 한 명인데 창부 역할이다."

"아빠. 저 신지호… 아니, 신 감독님 작품이면 무조건 할 거예요. 말릴 생각 하지 마세요."

단호하게 선수 치는 딸의 모습에 최태식은 씁쓸한 미소를 지었나.

"그게 창부 역할이라도 말이냐?"

"…노출만 아니면 할 수 있어요."

망설이며 대답한 그녀가 이어서 설득했다.

"창녀 역할은 연극을 하면서도 많이 했어요. 그런 역할이 나오는 희곡이 워낙 많으니까요. 연극에서도 했는데, 영화라고 크게 다를 것 같진 않아요."

"네 앞으로의 배우 이미지에 악영향을 끼칠 수 있다."

"그건 어떤 연출을 만나서 어떻게 연기하느냐에 달렸겠죠."

유나가 이렇게 나오자 최태식은 할 말을 잃었다.

어차피 시작하기 전부터 승패가 정해진 게임이었다.

최태식은 말을 꺼내기 전부터 이미 자신이 졌다는 걸 알고 있었다.

'휴, 자식 이기는 부모 없다더니.'

내심 고개를 저은 그가 말했다.

"알겠다. 신 감독과 연락해서 오디션 일정을 잡아주마. 어떤 배역이든, 네가 원하는 배역이라면 네 힘으로 꼭 따내길 바란다."

"진짜죠? 진짜 허락하신 거예요! 아빠! 사랑해요!"

유나는 침대에서 폴짝 뛰어 최태식의 품에 안겼다.

얼마 만에 부녀간에 포옹을 하는 건지 까마득했다.

최태식은 감격스러운 마음으로 미소 지었다.

무거운 짐을 지고 있는 것처럼 답답하던 속은, 유나를 이해하고자 마음먹자 거짓말처럼 녹아들고 있었다.

*　　　　*　　　　*

지호는 지혜와 사무실에 앉아 있었다.

오늘은 배우들의 대본 리딩이 있는 날이었다.

가장 먼저 도착한 사람들은 용빈, 선기였다. 두 사람은 〈부산〉 때 많은 장면에서 호흡을 맞췄기에 각별한 친분을 유지하고 있었다.

"신지호 감독님!"

"반갑습니다, 감독님."

지호는 두 사람과 포옹했다.

그다음 도착한 사람은 테일러 빈이었다.

그는 오자마자 어눌한 한국말로 밝게 인사를 건넸다.

"안녕하세요! 저는 테일러 빈입니다!"

그리고 나서 영어로 수다스럽게 말을 이어갔다.

"신 감독님과 〈투데이〉에서 함께 작업했습니다. 정말 멋지고 아름다운 추억이었죠. 지금 생각해도 흥분됩니다. 두 분은 감독님과 어떤 영화에서 만나셨었나요?"

아주 빠르게 떠들었기 때문에 용빈과 선기는 순간 벙 쪘다.

용빈이 목소리를 낮추고 물었다.

"뭐라고 한 거죠?"

"나도 중간중간 단어는 들었는데, 정확히는 잘……."

용빈과 선기가 테일러 빈의 말을 이해하지 못하고 곤혹스러워할 때, 이석기와 강민규가 마지막으로 사무실에 도착했다.

그들이 기성 배우라고 해서 일부러 늦은 건 아니고, 공연 마치고 바로 달려온 길이었다.

미리 연락을 받았던 지호는 두 사람을 반겼다.

"선배님들, 어서 오세요."

"감독님. 못 본 사이에 얼굴이 더 훤해지셨군요."

이석기가 말총머리를 묶으며 말했다.

강민규 역시 실실 웃으며 너스레를 떨었다.

"영화 협회 놈들 약 좀 오르겠습니다. 꼼수 좀 부렸나본데, 우리 스타 감독님한테는 아무 소용도 없으니 말입니다. 하하하."

그에 지호가 미소 지으며 답했다.

"아닙니다. 영화 협회의 방해에도 불구하고 제작에 착수할 수 있었던 건 기꺼이 달려와 주신 배우님들 덕분입니다. 그리고 곧 홍일점 한 분이 오실 텐데, 오늘 이 자리에 오디션 겸 참석하실 겁니다."

대본 리딩 현장에서 즉석으로 오디션을 보는 경우는 드물었다.

대본 리딩 자체가 바쁜 배우들이 한데 모여 연기 호흡을 맞춰보며 친목을 다지자는 의미였기 때문이다.

다들 확정된 배우들이었기에, 가장 선배 배우인 이석기는 의문점이 생겼다.

"그럼 대본 리딩 일정을 미루는 편이 낫지 않겠습니까? 배우들이 모두 모이는 시간은 대본 리딩 때뿐인데, 만약 오늘 오는 배우가 오디션에서 떨어진다면 새로 투입될 배우는 미리 연기 호흡을 맞춰볼 기회가 없을 테니까요."

그에 강민규가 이견을 보였다.

"선배님. 하지만 캐스팅이 대부분 완료된 상황에서 배우 한 사람을 위해 모두가 기다려 주는 건 힘들지 않겠습니까?"

두 사람 모두 맞는 말을 하고 있었다.

후배들은 의견을 내지 않았고, 테일러 빈은 무슨 말인지 몰라 눈동자만 굴리고 있었다.

이석기를 보며 빙그레 웃은 지호가 말했다.

"저는 어려운 역할을 선뜻 맡아준 이 여배우가 쟁쟁한 남자 배우들 틈에서도 충분히 제 몫을 해낼 거라고 믿습니다."

Chapter 2
진정한 사회 고발 영화

자리에 모인 대다수 배우들의 기대감은 커졌지만 용빈과 선기는 이야기의 주인공이 누군지 이미 알고 있었다.

그리고 머지않아 유나가 도착했다.

용빈과 선기는 반가운 미소를 지으며 손을 흔들었다.

그때 지호가 입을 열었다.

"최유나 씨입니다."

"아름다운 여성분이셨군!"

테일러 빈이 박수를 치며 좋아했다.

궁금증이 해소되고 분위기가 한풀 꺾이자 지호는 대본을

배부하며 말했다.

"다들 아직까진 시놉시스와 트리트먼트만 받으셨을 텐데, 오늘은 대본을 읽어보도록 하겠습니다. 리딩 전에 한 가지 사실을 공개하자면 여러분이 연기할 이 대본에 적혀 있는 내용들 역시 전부 실화입니다."

"픽션이 전혀 들어가 있지 않다는 건가요?"

선기의 물음에 지호가 고개를 끄덕였다.

"그렇습니다."

그 말이 떨어지기 무섭게 용빈이 입꼬리를 올리며 말했다.

"어째 으스스한데요? 설마 이름도 모두 실명으로 쓰실 생각이세요?"

"네."

지호는 단호했다.

그러자 배우들은 어두운 안색으로 시선을 교환했다. 실화를 바탕으로 한 사회 고발 영화라는 점은 진작 알고 있었지만 실명 그대로 사용할 줄은 상상도 못했던 것이다.

그때 대학 시절부터 사회 풍자 공연을 여러 번 올린 경험이 있는 이석기가 문제 제기를 했다.

"우리가 명예훼손으로 역풍을 맞을지도 모릅니다. 조사를 받게 되면 허위 정보 유포 죄가 추가될 수도 있겠죠."

"충분히 그럴 수 있다고 생각합니다."

지호는 부정하지 않고 말을 이었다.

"비밀만 지켜주신다면 지금 와서 그만두셔도 말리지 않겠습니다. 대신 대본은 모두 읽고 판단해 주시기 바랍니다. 풍자가 아닌 직접 고발을 해야 하는 이유가 그곳에 있으니까요."

배우들은 저마다 고개를 끄덕이며 대본을 펼쳤다.

한편 지호는 오디션을 겸해서 이 자리에 참석한 유나에게 말했다.

"그 역할에는 오수정 씨가 함께 물망에 오른 상황입니다. 아직 각본을 보고 최종 결정을 내린 건 아니지만 누나가 오디션에서 탈락하게 되면 그녀가 역할을 차지할 확률이 높겠죠. 하지만 전 그런 상황을 원치 않아요."

애매하게 편을 든 그가 나직이 말을 이었다.

"저는 스타를 캐스팅하는 순간 작품의 원래 의도를 해친다고 생각하거든요. 오수정 씨가 아무리 배역을 잘 소화해 낸다고 해도 관객들에게 오수정 씨는 '연기 잘하는 배우'로 느껴질 뿐이에요. 스타에게는 필연적으로 사람 냄새 나는 친밀감이 부족하다고 봅니다."

날카로운 칼날처럼 예리한 지적이었다. 캐스팅을 진행할 때 얼마나 섬세한 부분까지 신경을 쓰는지 알 수 있었다.

모두가 고개를 끄덕인 것과 다르게, 유나는 발끈해 물었다.

"제가 나중에 오수정 씨 같은 스타가 돼도 같은 말씀을 하실 건가요?"

"아뇨. 어디까지나 이번 배역에 국한된 이야기예요. 누나가 연기할 캐릭터가 살아 있으려면 오랜 스타보다 친근하게 느껴지는 배우가 필요하다는 뜻이죠. 배역의 의상, 여행 가방, 가방에 들어 있는 물건들까지 주도면밀하게 신경 쓴 것도 그런 이유예요."

해명을 들은 그녀는 억지 미소를 보였다.

"이런 식으로 내게 부담감을 주는 거죠? 알겠어요, 신지호 감독님. 오랜만에 제 연기를 보시는 걸 텐데… 저도 놀고만 있었던 건 아니란 것을 보여드리죠."

그제야 빙그레 웃은 지호가 짧게 답했다.

"기대할게요, 누나."

유나의 성격은 예전과 다름없었다. 자존심이 강하고, 자존심이 상했을 때 그것은 의욕으로 승화된다.

'역시 누나는 승부욕이 넘쳐.'

지호는 내심 생각하며 모든 배우들을 겨냥해 물었다.

"그럼 시작해 볼까요?"

*　　　*　　　*

리딩 현장은 뜨거운 열기로 가득 차있었다.

오랜 발성 훈련으로 인해 응축된 목소리가 실내를 울렸다.

"하하! 저야말로 영광입니다! 나랏일을 하시는 분들과 이렇게 좋은 인연을 다 맺고… 제가 전생에 나라를 구한 게 아닐까요? 하하하!"

용빈이었다. 그의 모습은 망나니 같기도, 하이에나 같기도 했다. 자신이 맡은 배역을 정확하게 소화하고 있는 것이다.

'그새 또 실력이 늘었어.'

지호가 내심 감탄하는 그때, 용빈이 대본을 내려놓으며 눈에 불을 켰다.

"뭐 이런 쌍놈의 새끼가……!"

선배 배우들과 연출, 조연출이 버젓이 있는 앞에서 욕지거리를 뱉는 건 미치지 않고선 저지르기 힘든 실수였다.

그러나 누구도 용빈을 탓하지 않았다.

도리어 선기는 싸늘한 음성으로 거들었다.

"쓰레기들."

대본 속 내용들은 차마 믿고 싶지 않은 진실이었다.

배우들의 표정은 이미 어둡게 가라앉은 지 오래였다. 대본의 첫 장을 넘겼을 때부터 지금까지 그들의 울분은 하늘 높은 줄 모르고 치솟고 있었다.

잠자코 있던 최고참 배우 이석기가 가장 먼저 이 부분에 대해 말을 꺼냈다.

"감독님, 잠시 휴식하는 게 좋겠습니다. 그리고 저는 이번 영화에 동참하겠습니다. 연기를 하며 진짜 보람을 느낄 수 있는 기회라고 생각합니다."

지금까지 그가 보였던 모습 중 가장 정중한 태도였다. 그가 이런 반응을 보이는 데에는 이유가 있었다.

'배우들을 이끌 줄 알고 유능한 감독이라고만 여겨왔는데, 옳은 일을 위해 삶을 불태울 줄 아는 용감한 청년이었어.'

이석기는 절로 숙연해졌다.

이는 후배 연극인인 강민규 역시 마찬가지였다.

"저도 이번 작품에 꼭 끼워주십시오. 바늘 가는 데 실도 가야죠."

그다음부터는 일사천리였다.

선기, 유나 역시 분노에 차서 동참 의사를 밝혔다.

갑자기 모두가 영화에 출연하겠다고 선언하는 가운데 이리저리 눈치를 보던 테일러 빈이 지호에게 물었다.

"다들 뭐야? 저도 뭘 해야 하는 겁니까?"

"우리 영화가 현실을 그대로 반영한 사회 고발 영화이기 때문에 배우들의 동의를 받은 겁니다. 대본에 있는 배역들 모두 실존 인물이기 때문에 명예훼손이 될 수도 있거든요."

"하하하!"

테일러 빈은 크게 웃어 젖히고는 농담을 던졌다.

"그럼 전 영국에서 재판을 받게 되겠네요."

이로서 만장일치로 배우들 모두 출연을 결정한 셈이었다.

지호는 배우들의 의지가 기껍고 뭉클했다. 매사에 높은 산을 넘는 기분이었는데, 동료들이 는 것 같아 든든했다.

"모두 감사합니다."

고개를 깊이 숙여 보인 그가 말을 이었다.

"잠시 쉬겠습니다. 화장실 다녀오실 분들은 다녀오세요. 그리고 잠시 쉬는 시간을 이용해서 배역 파트별로 카메라 동선을 설명해 드리겠습니다."

지호는 바퀴가 네 개 달린 화이트보드를 끌어당긴 뒤 보드마카로 배역 이름과 중요한 신 넘버를 각각 적었다.

미리 외워온 것처럼 대본도 들춰보지 않고 써나갔다. 섬광기억 능력을 빌린 덕분이었지만, 배우들이 그 사실까지 알 수는 없었기에 다들 지호를 보며 감탄했다.

"준비성 하나는 알아주는군."

입 밖으로 내뱉는 이석기의 감탄에 지호는 머쓱한 표정으로 서둘러 설명을 시작했다.

"자, 이제부터 각 신에서 들어갈 카메라 구도를 말씀드리겠습니다. 대본을 보시면… 3신에 있는 세트의 구조는 이렇게 생겼습니다."

그는 화이트보드에 호텔 방을 그린 뒤 보드 마카를 움직이며 덧붙였다.

"이런 식으로 카메라가 창문을 통해 들어갈 겁니다. 이때 카메라 프레임 안에서 연기를 하려면 움직일 수 있는 동선은 여기부터 여기까지입니다. 이 안에서는 배우가 무슨 동작을 취해도 간섭하지 않을 생각입니다. 캐릭터는 배우의 것이니까요."

"그런 말씀을 하시니까 배우 입장에서 섭섭한데요? 캐릭터의 어머니가 배우라면, 아버지는 감독님이죠."

용빈이 무거운 분위기를 환기시키려는 듯 농담조로 딴지를 걸어왔고, 지호 역시 가볍게 되받아쳐 주었다.

"어머니, 아버지가 바뀐 거 아니에요? 이미 창작의 고통 속에 머리 아파 낳은 감독으로서 배우한테 책임 전가를 하고 싶네요."

배우들은 그들의 대화 몇 마디로 단번에 분위기가 변하자 오― 하며 환성을 내지르고 즐거워했다.

웃음소리가 사무실 가득한 가운데, 다른 배우들을 보며 눈치를 보던 테일러 빈이 시무룩하게 한숨을 내쉬었다.

'제기랄! 멍청이가 된 기분이야.'

그렇다고 사소한 농담까지 지호에게 통역을 부탁할 수도 없는 노릇이었다. 그는 타국에서 타국 사람들과 작업하는 부담을 몸소 체험하며 고개를 절레절레 저었다.

"감독님. 나중에 시간 나시면 한국어 과외를 부탁드립니다."

진지한 말투에 지호가 피식 웃었다.

"그렇게 하죠."

그는 모두를 보며 말을 이었다.

"그동안 여기 계신 이지혜 조연출님께서 로케이션 헌팅을 하셨습니다. 직접 발품을 파셨죠. 세트를 만들기 위해 김봉민 의원이 내연 관계였던 X와 공작해 그 남편을 가두었던 정신 질환자 수용 시설에 대한 정보를 얻었고, 무기 중개상 정규태 회장의 방산 비리 장면을 촬영하기 적절한 곳을 서울 공군기지 근방에서 찾아냈습니다. 또한 범법 행위를 할 당시 등장인물들의 정확한 이동 경로를 조사했고, 그 경로를 직접 따라가며 가는 길에 만나게 되는 지역들의 사진들도 모두 찍어뒀습니다."

지호는 화이트보드를 옆으로 180도 회전시켰다.

화이트보드의 뒤에는 커다란 지도가 붙어 있었다. 그리고 지도에는 방금 그가 말했던 이동 경로가 압정으로 표시되어 있었다.

"맙소사."

테일러 빈이 믿기지 않는다는 듯 중얼거렸다.

다른 배우들도 겉으로 말만 하지 않을 뿐, 표정은 테일러 빈과 다를 것이 없었다.

배우들의 반응에 지혜가 민망한 듯 수줍게 웃으며 물었다.

"어때요? 이만하면 훌륭하죠?"

그녀와 눈빛을 교환한 지호가 재차 입을 열었다.

"다들 짐작하셨을지 모르겠지만 제가 굳이 여러분에게 조사 내용을 밝히는 이유는 이 정보들이 연기에 도움이 되었으면 하는 바람이 있기 때문입니다."

"그게 무슨……."

아직 대본도 힘들게 외우는 용빈이 불안한 표정으로 말끝을 흐렸다.

이어서 유나 역시 곤혹스러운 투로 물었다.

"설마 저 정보들을 전부 다 외우라는 건 아니겠죠?"

다행히도 지호는 손사래를 쳤다.

"하하, 당연하죠. 그저 각자 인물들의 동선 정도만 외우시면 됩니다. 나머지는 여러분이 분위기에 녹아들 수 있도록 준비한 것뿐이니까요."

"휴……."

안도의 한숨을 내쉰 용빈이 그제야 정신을 차리고 말을 돌렸다.

"그나저나 들으면 들을수록 개새끼들이네요. 썩은 줄은 진작부터 알고 있었지만, 정말이지 다시없을 악역들이네."

그에 선기가 고개를 주억거렸다.

"이번 배역은 구역질을 참아내는 게 관건일 것 같습니다."

배우들은 적개심에 불타올랐다.

그러나 유나만큼은 냉정한 눈으로 지금까지의 상황을 관조하고 있었다.

"전 이 모든 것들을 믿기 싫은 사람 중 하나에요. 아마 다들 그렇겠죠? 그러니까 이 각본에 쓰인 내용들이 전부 진실이라는 증거를 보여주셨으면 해요. 감독님이 거짓말을 했다고는 생각하지 않지만 오해가 있을 수도 있는 부분이니까요."

적개심에 불타오르던 배우들은 그녀의 말을 듣고서야 아차 하며 입을 다물었다. 그러고 보니 각본이 진실이란 증거는 어디에도 없었다.

그저 지호를 신뢰했을 뿐이다. 상식적으로 생각해 봤을 때 지호가 진실도 아닌 각본에 군이 목숨을 걸고 매달릴 리 없다고 생각했던 것이다.

반면 지호는 기다렸다는 듯 침착하게 입을 열었다.

"제가 가긴 증거는 아버지가 남긴 유작뿐입니다."

"네?"

"뭐라고요?"

예상치 못한 대답을 들은 배우들의 반문에 지호가 말을 이었다.

"그래서 프리프로덕션을 진행하며 각본의 밑바탕이 될 수 있는 자료들을 조사했던 겁니다. 사건과 관련된 사람들을 만나보고, 그렇게 수집한 자료를 토대로 각본과 비교해 진위 여부를 밝혀냈죠. 여러분이 원한다면 저는 이 모든 과정을 공개하겠습니다."

지호의 어조는 확고하게 들렸다.

배우들은 더 이상 따지지 않았고, 약간 내려앉은 분위기 속에서 대본 리딩이 다시 시작됐다.

영화계에서 서서히 주가를 올리고 있는 배우들답게 각자 지닌바 연기력은 나무랄 데가 없었다.

지호는 그들을 보며 흡족하게 여겼다.

'지금까지 해온 작품 수에 비해 기본기가 출중해.'

나머지 캐릭터는 각본가와 연출의 몫이었다. 다르게 말하면 이 두 가지 모두 지호의 역할인 셈이었다.

그는 새삼 어깨가 무거워졌다. 이번 영화는 '반드시 잘 만들어내야만 하는 영화'였기 때문이다.

리딩을 마친 후, 오디션 결과를 기다려야 하는 유나를 제외한 배우들이 돌아갔다.

초초하게 앉아 있는 유나를 바라보던 지호가 그녀에게 말했다.

"청순하고 단아한 외모와 맞지 않을까봐 걱정했는데… 그래서 더 묘한 매력이 있었던 것 같아요."

지호의 입에서 나온 말을 들은 유나는 뛸 듯이 기뻐했다.

"정말이죠? 캐릭터에 잘 어울렸어요?"

"네. 훌륭했어요."

지호는 빙그레 웃으며 말을 이었다.

"이제 촬영에 대한 설명을 드릴게요. 15세 영화로 계획 중이기 때문에 노출에 대한 부담은 크지 않을 거예요. 한번 상의해 보죠."

그러자 말라이카가 미술감독 역할을 인수하기 전까지 의상을 담당하고 있는 지혜가 메모 준비를 하고 물었다.

"어느 정도까지 가능한지 먼저 듣고 싶은데."

유나가 얼굴을 붉히며 대답했다.

"속옷 정도……?"

"오케이. 사이즈는?"

그렇게 묻던 지혜가 유나의 시선이 향한 곳을 보고 피식 웃으며 덧붙였다.

"감독님. 감독님은 자리를 좀 피해주셔야 되겠는데요?"

"아."

순간 떨떠름한 표정을 지은 지호가 대답했다.

"알겠습니다. 두 분 말씀들 나누세요. 하하."

그는 어색하게 웃으며 사무실로 들어갔다.

문이 닫히자, 지혜가 적을 준비를 하며 다시 물었다.

"그래서, 사이즈는?"

*   *   *

그날 저녁, 사무실 원탁에는 세 사람이 둘러앉았다.

지호, 지혜, 그리고 말라이카였다.

미술감독으로 내정되어 있는 말라이카는 지혜에게 현재까지 진행된 내용을 들은 뒤 어깨를 으쓱였다. 얼굴에 의외라는 표정이 역력했다.

"제가 미술감독 자리를 내놔야 할 것 같은데요? 벌써 이렇게 많은 준비를 했다니, 언니는 몸이 열 개쯤 되나 봐요."

두 사람은 어느새 말을 튼 상태였다.

칭찬을 들은 것은 본인이 아닌데도, 말라이카의 극찬에 지호가 뿌듯해하며 어깨를 폈다.

"제가 누나 도움을 많이 받고 있죠."

정작 얼굴에 금칠을 한 지혜는 털털하게 웃으며 손사래를 쳤다.

"뭐 그렇게까지… 낯간지럽게!"

"아녜요. 앞으로 많이 알려주세요!"

말라이카는 지혜에게 유독 살갑게 굴었다.

그녀들은 서로 죽이 잘 맞을 거라는 걸 한눈에 알아봤다. 자존심 세고 털털한 면이 있다는 점이 그녀들의 공통점이었다.

잠시 두 사람을 흥미롭게 관찰하던 지호가 본론을 꺼냈다.

"그럼 이제 의상에 대해 상의를 해볼까요?"

고개를 끄덕인 말라이카가 준비해 온 자료를 책상 위에 올렸다.

"일단 내가 구상해 온 의상부터 좀 봐줄래?"

모델 출신답게 준비해 온 의상들은 대체적으로 패셔너블했다. 그녀는 의상들을 배우의 체형에 알맞게 디자인해 왔다. 심지어 스카프 하나조차 목 길이에 맞춰서 제작되었다.

그런데 문제가 있었다.

'너무 화려해.'

대본 속 인물들은 화려한 복장을 입지 않는다. 말라이카는 그들의 젊은 시절 모습을 몰라서 준비한 의상이겠지만, 지호는 이미 해당 인물들의 젊은 시절 사진을 스크랩해 두고 자서전을 섭렵한 상태였다.

그들의 수장인 김봉민 의원의 자서전에는 이런 말이 쓰여 있었다.

〈속이 나약할수록 겉은 요란하다. 나는 언제나 남들 눈에 띄려고 하지 않았다. 내 주변에도 언제나 그 부분을 조언했다〉

대필을 했다고 해도, 이 같은 부분은 사실을 반영했을 터.

지호는 말라이카에게 말했다.

"의상은 최대한 단순하게 준비했으면 합니다. 당시 옷차림과 인물들의 경제적 형편을 고려해 구성한 건 좋았지만, 김봉민 의원은 유행을 따르는 사람이 아니었습니다."

그는 잠시 고민에 잠겼다.

자서전을 직접 읽어보라고 하자니, 국내 정치인의 자서전이 영문으로 번역됐을 리 없었다.

말라이카에게 내용을 알려주려거든 직접 번역하거나 읽어주는 수밖에 없는 것이다.

"인물별로 조사한 자료들을 정리해서 줄게. 의상과 미술에 관련한 것들만 추려서!"

"응, 고마워."

말은 그렇게 했지만, 말라이카는 벌써부터 머리가 아파왔

다. 일단 고심 끝에 준비한 의상들을 전부 엎어야 하는 것이
다.

'칫, 진작 말이라도 하고 준비할 걸. 괜히 잘해보려다……'

그때 지혜가 낮에 유나에게 받아둔 메모를 건넸다.

"여기 여배우 브래지어와 슬립 사이즈. 브래지어는 섹시한
디자인의 검은색으로, 슬립은 청초해 보이는 실크 원피스로
맞춰줘."

"알겠어요."

말라이카는 사이즈를 확인하더니 중얼거렸다.

"몸매 좋네."

모델인 그녀 역시 멋진 몸매를 갖고 있었지만, 유나는 다른
의미로 아름다운 몸매의 소유자였다.

옆에서 듣고 있던 지호가 서둘러 화제를 돌렸다.

"의상은 신경 써서 여러 벌 준비해. 우리 영화는 노출이 많
지 않지만 중간에 내용이 알려지면 윤리 위원회에서 장난을
칠 수도 있거든. 극단적인 예를 들면 허리 부분이 살짝 드러
났는데 선정적이라는 이유로 청소년 관람불가나 상영 금지를
때리는 거지."

"말도 안 돼! 그래도 되는 거야?"

말라이카가 묻자 지호는 싸늘한 표정으로 설명했다.

"우리 영화가 개봉한다는 사실을 모르면 관객들의 반발도

없겠지. 부당한 심의를 받았다는 사실을 알릴 방법이 없는 거야, 그러니 영화 개봉까지 완벽히 길을 열어두기 전에는 내용이 알려지면 안 돼."

세트와 의상에 대한 이야기만으로 세 시간을 더 보낸 지호는 두 사람을 보내고 사무실에 홀로 남았다.

하루 종일 배우와 스태프들에게 시달리다 비로소 혼자 남은 그는 본격적으로 다음 일에 착수했다. 각본을 토대로 스토리 보드를 만들기 시작한 것이다.

지호는 스토리 보드만 봐도 영화 한 편을 본 것처럼 느낄 수 있기를 원했다. 따라서 그는 정교한 작업을 하는 사이사이, 한국 예술 대학교 애니메이션과에 재학 중인 성진에게 그림을 보내 수정을 받았다.

성진은 전화를 받을 때마다 수화기에 대고 신경질을 냈다.

"네 콘티 짜주다 정작 내 학교 작품은 말아먹게 생겼다고!"

입으로는 툴툴대며 신경질을 내지만, 결국엔 지호 자신이 원하는 대로 도와줄 것이라는 것을 잘 알고 있었다.

성진은 큰 성공을 거둔 지호를 전과 다름없이 대하는 사람 중 하나였다.

그를 떠올린 지호는 기분 좋은 미소를 띠며 말했다.

"고맙다. 네 덕분에 좋은 영화를 만들 수 있을 거야."

"시급은 됐다! 나중에 더 잘돼서 리나 프라다급 할리우드 톱스타 소개나 부탁할게."

"유나 누나는? 그 얘긴 쏙 들어갔네?"

장난친다고 농담처럼 물은 지호의 말에 한동안 대답하지 못하던 성진이 잠시 후, 씁쓸한 목소리로 답했다.

"내 문자에 답장을 안 하시더라. 첫사랑은 이루어지지 않는 법이지……."

느끼하게 중얼거린 그는 고삐가 풀린 듯 지호에게 하소연을 시작했다.

괜히 농담 한마디 던졌다가 새벽에 난데없이 연애 상담을 하게 된 지호가 한숨을 푹 내쉬었다.

'다신 그 이름을 꺼내지 말아야겠어.'

그는 내심 다짐하면서도, 성진의 연애 상담을 성심성의껏 듣고 대답해 주고 있었다.

* * *

지호는 ㈜필름 소속의 톱스타 여배우 오수정에게 다른 배우가 캐스팅되었음을 알렸다. 그녀는 직접 연출을 만나서 설명을 듣길 원했다.

이런 사정에 의해 두 사람은 한 레스토랑에서 점심을 함께

하게 되었다.

먼저 와 있던 오수정이 지호를 반겼다.

"반가워요, 신지호 감독님."

"저도 반갑습니다."

그녀는 지호와 가볍게 악수를 마치고 자리에 편히 앉았다. 직원이 메뉴판을 가지고 왔음에도 불구하고 쭈뼛거리는 지호를 본 오수정이 메뉴판을 자연스럽게 가지고 갔다.

"스테이크 좋아하시면, 메뉴 추천해 드릴까요?"

"아, 네. 그게 좋겠네요."

지호는 분명 영어에 일가견이 있었지만, 이런 쪽으로는 문외한 중의 문외한이었기에 주문은 능숙한 오수정에 의해 이루어졌다.

그가 주변을 둘러보고 있는 그때, 오수정이 대뜸 물었다.

"우린 초면 아니죠?"

지호는 담담하게 대답했다.

"네. 제 기억으로는 몇 년 전 헤이리에서 뵀었던 것 같네요."

"맞아요."

오수정은 짙게 미소 지었다.

"전에 신 감독님이 찍어준 사진을 인화해서 집에 걸어 놨죠. 아직도 한쪽 벽에 걸려 있답니다. 훌륭한 재능을 가졌다고는 생각했지만 이렇게까지 빨리 훌륭한 위치까지 오를 줄은 상상도 못 했어요."

"그땐 중학생 꼬마였으니까요."

지호는 자신이 말하면서도 새삼 소름이 돋았다. 그 역시 그녀와 이렇게 다시 만나게 될 줄은 짐작도 못했기 때문이다.

오수정이 농염한 눈빛으로 장난을 쳤다.

"지금은 우리가 연인이라고 믿을 정도로 자랐네요. 키도 컸고, 얼굴도 남자다워졌고."

두 사람의 나이 차이는 열 살 이상이다.

연예인이라면 많이들 줄이는 프로필상 나이로 쳐도 그렇다.

아무리 오수정이 동안이라 해도 엄연히 서로의 나이대를 인지하고 있는 상태에서 이런 실례되는 농담을 던질 리 없었다.

'톱스타의 자존심을 생각한다면 감독 앞에서 경솔한 말을 입에 담을 수 없지.'

오수정은 연기를 하고 있는 것이다.

지호는 그녀가 던진 농담의 속뜻을 간파하고 대답했다.

"선배님의 연기력은 의심의 여지가 없습니다."

"음… 듣던 중 반가운 소리네요."

오수정은 연기를 끝내고 평소 모습으로 돌아와 물었다.

"그럼 왜죠? 저를 이런 배역에서 밀어낼 만한 여배우는 다섯 손가락 안에 꼽는다고 생각해요. 그중 셋쯤은 저보다 나이가 많고, 둘쯤은 성미가 지독하죠. 이런 건 그렇다 처도… 그녀들 중 누구라도 새로운 작품에 캐스팅됐다면 이미 기사가 떴을 거예요."

그녀는 굳이 장황하게 설명하며 지호에게 묻고 있었다.

그 여배우가 누구냐? 하는 질문을.

"그녀가 누구인지는 알려드릴 수 없습니다. 하지만 원하신다면, 이유 정도는 말씀드릴 수 있습니다."

"좋아요."

오수정은 긴장한 얼굴로 대답을 기다렸다.

잠시 망설이던 지호가 이내 입을 열었다.

"말씀드렸다시피 연기력 문제는 아닙니다. 섭외 대상에서 밀려난 이유는 스타로서의 인지도가 너무 크기 때문입니다. 그리고 비슷한 역할도 여러 번 하셨죠. 제가 걱정한 건 관객들이 선배님을 볼 때 '저 배우가 연기를 참 잘한다.'고 느낄 수밖에 없다는 점이었습니다."

"무슨 의미인지는 알겠지만 쉽게 납득이 가질 않네요. 잘하는 것도 문제가 되나요? 저는 감독님 말씀처럼 비슷한 역할을 다섯 번도 넘게 했어요. 하지만 단 한 번도 관객들에게 악평을 받아본 적이 없어요."

"그랬죠."

지호는 인정했지만 결론을 바꾸지 않았다.

"음… 저는 이번 영화에 익숙하지 않고 참신한 캐릭터를 보여주고 싶습니다. 청순한 외면과 요염한 내면을 가진 창부, 관객들을 완벽히 속일 수 있는 새로운 얼굴이 필요해요."

설명을 들은 오수정은 더 이상 고집스럽게 굴어봐야 달라질 게 없다는 확신이 들었다. 새로운 얼굴이라는 말이 나온 순간 모든 가능성이 사라진 것이다.

"이렇게 직접 오셔서 설명까지 해주셨는데 더 이상 조를 수는 없죠. 일 애긴 접어두고 그동안 이야기나 나눠요."

그녀는 포기가 빨랐다. 안될 일을 붙들고 힘쓰지 않았다.

덕분에 지호는 부담을 덜고 즐거운 시간을 보낼 수 있었다.

그리고 식사 내내 새로운 사실들을 알게 되었다.

지금 갈등을 빚고 있는 영화 협회들이 국내 영화계에서 큰 비중을 차지하고 있다는 것. 그리고 직접적인 영화계의 생리까지.

경험이 다양한 오수정은 많은 것들을 알고 있었다.

"세 가지만 명심하면 돼요."

식사를 마친 후 그녀가 말했다.

"어디든 그렇겠지만 실력이 깡패라는 것. 실력을 판단하는 기준은 지난 영화들의 흥행 성적이라는 것. 여기서 알 수 있듯이, 영화판 역시 철저한 이익사회라는 것."

지호는 고개를 끄덕였다.

"듣고 보니 그런 것 같네요. 대충은 알고 있었지만……."

말을 흐리며 곰곰이 생각하던 그는 빙그레 웃었다.

'이슈를 만들어서 나쁠 건 없겠어.'

그때 불쑥 디저트가 나왔다. 예쁘고 작은 접시에 담겨 있는 아이스크림이다.

웨이터가 미소를 띠며 물었다.

"서비스입니다. 불편하지 않으시다면 가시기 전에 싸인 한 장 부탁드려도 될까요?"

오수정이야 워낙에 인기 있는 여배우라고 하지만 지호 역시 요즘 가장 뜨거운 관심을 받고 있는 장본인이었다.

오수정은 어깨를 으쓱였다.

"물론이죠. 감독님도 오케이하실 거예요."

"감사합니다."

웨이터는 고개를 숙여 보이고 돌아갔다.

웨이터의 뒷모습을 바라보던 지호가 어색한 미소를 지으며 말했다.

"어딜 잘 안 돌아다녀서 그런지, 이런 일이 익숙지 않네요."

"영화만 만드시니 그렇죠."

한쪽 눈을 찡긋한 오수정이 말을 이었다.

"그러지 말고 여기저기 대외 활동도 하세요. 예능 프로그램

같은 곳에서도 섭외가 많이 들어왔을 텐데… 그냥 썩히기에는 잘생긴 외모가 너무 아깝잖아요?"

"앞으로 차차 생각해 보려고요."

지호는 살짝 웃으며 얼버무렸다.

실은 예능 프로그램뿐 아니라 뉴스에서도 게스트 출연 요청이 들어왔었다. 그럼에도 출연을 보류하고 대외적인 활동을 자제하는 이유는 이번 영화 때문이었다.

제작을 비밀리에 마쳐야 하는 상황이기 때문에 관심을 끄는 일은 최대한 자제하고 싶은 것이다.

'그렇잖아도 주목받고 있는 상태라 불편한데 구태여 더 불편해질 필요는 없지.'

오수정은 대수롭지 않게 고개를 끄덕였다.

"그래요. 뭐, 너무 갑작스럽게 여러 일들이 생겨서 정신없겠죠. 저도 처음 떴을 때 좋으면서도 당황스러웠거든요. 지금 와서 돌아보면 별것 아닌 것처럼 느껴지지만."

슬쩍 자랑을 섞은 그녀가 말을 이었다.

"디저트를 주셔서 얘기가 길어지네요. 감독님은 어떤 장르의 영화를 가장 좋아해요? 지금까지의 필모그래피만 봐선 짐작할 수가 없더라고요."

오수정의 말처럼 지호는 지금껏 여러 장르를 넘나들었다. 자신이 직접 연출한 세 작품도, 각본을 쓴 작품들도 마찬가지였다.

잠시 고민하던 지호가 씨익 웃으며 답했다.

"가장 선호하는 건 잘 만든 사회 고발 영화입니다. 의미 있잖아요."

"와! 나도 좋아해요."

오수정이 기뻐하며 물었다.

"픽션, 논픽션 중에는 뭘 선호하죠?"

"어느 쪽이든 제대로 만든 영화가 좋아요."

"제대로 만든 영화요?"

"네. 픽션은 재밌게 잘 만들면 되고, 논픽션은 고증을 잘 해서 재밌게 만들면 제대로 만든 거죠."

"결국은 재미네요."

그녀는 결론을 내렸다.

지호는 이를 부정하지 않았다.

"사회 고발 영화의 목적을 직시하려면 재미는 무조건 필요하다고 생각해요. 관객들이 영화를 보고 기억에 남아야 고발의 의미가 있으니까요."

"명쾌한 생각이세요."

오수정은 지호의 대답이 썩 마음에 드는 듯했다.

그릇 안의 아이스크림을 싹싹 비운 그녀가 일어나며 말했다.

"오늘 식사는 제가 살게요. 좋은 말씀 잘 들었고요. 다음에 재밌는 사회 고발 영화를 만들게 되시면 불러주세요, 감독님."

청탁치고는 너무 당당하다.

해맑게 웃은 지호가 대답했다.

"밥 잘 먹었습니다."

*　　　*　　　*

대개 프리프로덕션이나 포스트프로덕션 땐 제작자, 기획자가 전반적인 오더를 내린다.

프로덕션 기간 때 연출자가 지휘를 하는 것과 같은 이치였다.

그런데 이번 영화는 제작, 기획, 연출이 모두 지호였다.

따라서 지호는 사령탑으로서 스태프들과 배우들의 움직임을 관조하며 지시를 내렸다. 상황이 이렇다 보니 사무실에 머무는 시간이 대부분이었다.

그는 컵라면을 먹던 중 휴대폰에 이어폰을 연결해 지혜와 통화를 했다.

"누나. 일단 NFTS 인원들을 A팀으로, 국내 인원들을 B팀으로 해서 촬영 들어갈게요."

—알겠어.

지혜는 외부에서 자료 조사를 하는 중이었다.

조연출인 그녀는 사무실에 오랜 시간 있어야 하는 지호를 대신해 현장에서의 역할을 톡톡히 해주었다.

─당시 피해자 주변 인물들을 수소문해서 만나봤어. 각본에 나온 대로 당시 경찰들이 수사를 잘못한 게 맞아. 물론 고의였겠지만… 알면 알수록 진짜 나빴네. 현실은 영화보다 더 지독한 것 같아.

"현실에서는 권선징악이 이뤄지지 않고 있으니까요."

지호는 젓가락을 내려두며 말했다.

"하지만 전형적인 영화들의 특성 알잖아요? 권선징악. 악이 벌받게 만드는 건 영화감독의 소임이죠."

─후후! 영화감독이 경찰이나 검사쯤 되는 것 같네.

지혜의 말에 지호는 농담조로 대꾸했다.

"정의의 사도는 누구나 될 수 있으니까요."

원래 의도는 아버지의 유작을 발표하고 죽음에 대한 진실을 밝히는 것이었다. 그러나 사건을 파헤치면 파헤칠수록 일종의 소명 의식이 생겨났다.

자신에 대한 생각을 정리한 지호는 천장을 바라보며 혀끝까지 나온 말을 속으로 삼켰다.

'아버지의 피를 물려받아 그런지, 저도 불의를 보고 지나치지 못하나 봐요.'

그는 몇 마디 더 나눈 뒤 전화를 끊었다.

팀원들은 매번 이런 식으로 보고했다.

그리고 지호는 계획에 차질이 없도록 모든 내용을 총합해 큰 그림을 그렸다. 때로는 각본과 콘티를 수정하고, 때로는 스태프나 배우들에게 새로운 주의 사항을 전달하기도 했다.

양동휴 교수에게 전화가 걸려온 것은 그렇게 시간을 보내던 때였다.

지호는 반갑게 전화를 받았다.

"네, 교수님. 잘 지내셨죠?"

—그럼요. 지호 학생도 여전히 바쁘게 지내고 있죠?

"하하… 뭐, 항상 비슷하죠."

—그래요. 그럼 직접 만나서 전해주긴 힘들겠네요. 다름이 아니고, 전에 말했던 명예교수 임명 건으로 연락했어요.

"아!"

바쁜 생활에 치여 깜빡 잊고 있던 지호가 들뜬 마음으로 물었다.

"어떻게 됐나요?"

—축하해요. 만장일치로 승인이 떨어졌습니다. 본교에 한 명뿐인 명예교수가 된 기분이 어때요?

"당연히 기쁘죠. 교수님."

지호의 대답을 들은 양동휴 교수는 짓궂게 토를 달았다.

―그래요? 깜빡했던 것 같은데…….

장난삼아 말끝을 흐린 그가 본론으로 돌아갔다.

―임명식을 좀 늦출까 해요. 모든 학생들이 뵀으면 하는 총
장님의 의견을 바탕으로 계획 중이거든요. 마침 연말에 '선배
들과의 만남'이라는 행사가 있을 예정이에요. 본교 졸업생 중
현역에서 활동하며 좋은 성적을 거두고 있는 선배들이 후배들
에게 좋은 말을 해주는 자리죠. 임명식과도 취지가 잘 맞으니
그날로 정하면 어떨까 해요.

지호로서도 반길 일이었다.

한동안 영화 촬영으로 눈코 뜰 새 없이 바빠질 게 불 보듯
뻔했기 때문이다.

"네, 교수님. 저는 좋습니다."

―알겠어요. 날짜는 이번 달 안에 말해줄게요. 연말이란 것
만 알고 있어요.

"네! 감사합니다."

지호는 전화를 끊고 멍하니 앉아 생각했다.

'과연 임명식에 참석할 수 있을까?'

사회 고발 계획이 틀어지면 명예교수 임명이 문제가 아니었
다. 지호는 이번 영화의 총괄 책임자였다. 만약 상대방의 죄를
입증하지 못한 채 명예훼손과 무고죄로 고발당해 역풍이라도
맞는 날에는 상황이 어떻게 돌아갈지 모르는 것이다.

"외줄 타는 기분이네."

중얼거린 지호는 좀처럼 실감이 나질 않았다.

지금 영화를 만드는 행위가 범죄와 직결될 수 있다니.

만약 그런 일이 벌어진다면 스태프들과 배우들은 '영화의 내용을 알기 전에 계약서를 쓰고 참여했다'는 말로 책임을 최소화할 생각이었다. 비밀 유지를 위해 받은 계약서는 다른 의미로 방어 수단이었던 것이다.

지호는 포스트잇이 빼곡하게 붙어 있는 벽면과, 또 다른 자료들이 정리되어 있는 노트북 화면을 번갈아 보았다.

이제 본격적인 요리를 만들 차례였다.

*   *   *

영화 〈비밀〉은 36일 촬영을 목표로 잡고 5월 5일부터 본격적인 촬영에 돌입했다.

지호는 이번 영화의 성격을 숨기기 위해 애썼고, 제작진 내부에서조차 내용에 관한 발언을 금지시켰다.

심지어 현장 사진조차 촬영하지 않았다.

뿐만 아니라 촬영 시작 전 스태프들과 배우들이 둘러서서 비밀리에 촬영에 임한다는 선서를 하기도 했다.

당연히 촬영장 분위기에도 영향을 미쳤다. 모든 게 조심스럽고 딱딱했다.

찌호는 그러한 부분을 해소하기 위해 노력했다. 촬영에 참여하는 모든 스태프들과 배우들에게 '의욕을 증진시키고 마음을 편하게 해주는' 명언이 쓰인 엽서를 돌린 것이다.

아주 작은 성의였지만 효과가 있었다.

촬영은 갈수록 매끄럽게 진행됐다.

A팀 촬영이 끝나고, B팀 연출을 함께 맡은 지혜가 팀원들에게 선포했다.

"모든 작업 방식은 제가 지시합니다. 우린 A팀에 뒤지지 않는 퀄리티를 뽑아낼 거예요."

그녀의 연출 스타일은 지호와 조금 달랐다. 스태프들을 설득할 시간에 주도적으로 몰아붙여 딴 생각을 할 여유조차 없도록 만드는 스타일이었다.

그 점을 단숨에 간파한 B팀 팀원들은 안색이 파리해졌다. 한편으로는 만만찮은 카리스마를 가진 그녀가 따르는 총괄 감독이 누군지 궁금했지만, 아무도 알려주지 않았다.

"여러분도 아시다시피 〈비밀〉은 실존 인물들의 실명을 그대로 쓰는 사회 고발 영화예요. 실제로 감독님은 작품 내용에 등장하는 사건과 관련이 있죠. 때문에 최대한 많은 부분을 비밀로 해야 한다는 점을 양해해 주셨으면 합니다. 여러분도 촬영이 끝나면 감독님을 만나게 되실 겁니다."

A팀과 B팀은 밤낮 교대로 촬영을 했다.

그들은 첫 주에 김봉민 의원의 이십 대 시절을 담았다.

〈부산〉에서 주연을 맡았던 명선기가 연기했다. '한국의 알 파치노'라는 별명까지 얻었던 그였기에 연기력은 나무랄 데가 없었다.

지호는 모든 과거 신들을 깨끗한 흑백으로 연출했다. 선명한 미장센이 이십 대 김봉민 의원의 곧은 뜻을 나타내는 듯했다.

순수한 흑백이 어둡고 꺼친 느낌의 컬러로 전환되면서 초심의 변화를 시사하는 구도였다.

B팀이 촬영을 맡고 A팀이 모두 휴식을 취하는 야간, 지호는 편집실에 틀어박혀 낮에 촬영한 장면들을 여러 번 돌려보았다.

그때 마침 컴퓨터 바로 옆에 둔 휴대폰에서 김봉민 의원이 국회로 들어가고 있는 모습이 나왔다. 자료 조사를 위해 뉴스를 틀어놨던 것이다.

컴퓨터 모니터와 휴대폰 액정에서 나오는 과거와 현재의 모습이 흑백과 컬러로 대조됐다.

'도대체 왜 이렇게 된 겁니까?'

지호는 김봉민 의원을 직접 만난 것처럼 감정이 몰입됐다.

그건 관객들도 마찬가지일 터.

냉신기를 77민 이상과 분장은 김봉민 의원의 젊은 시절 그대로였다.

'신경 쓴 보람이 있어.'

지호는 서늘한 표정으로 김봉민 의원을 바라봤다.

어둠 속에서 새카만 두 눈이 반짝였다.

짧게 빛나는 감정의 정체는 바로 기대감이었다.

Chapter 3
고발당한 반응

촬영에 일가견이 있는 지호는 직접 A팀 카메라를 도맡았다.

이 같은 사실은 B팀 연출인 지혜에게 부담이자 고민거리였다.

'우리 팀 촬영기사가 좀처럼 따라가질 못해.'

이유가 카메라뿐은 아니겠지만 밤 촬영과 낮 촬영의 퀄리티가 극명하게 갈렸다.

따라서 그녀는 나이트 촬영을 위해 휴식을 취해야 하는 낮 시간에 잠들지 않고 현장으로 나왔다.

촬영장에선 한창 데이 촬영이 진행되고 있었다.

"누나. 지금 시간에 어쩐 일이세요?"

지호는 눈을 동그랗게 뜨고 물었다.

그에 지혜가 콧잔등을 붉적이며 답했다.

"이대로 가면 우리 B팀 촬영분이 편집 때 다 잘릴 판이라서 어떻게 촬영하나 보려고."

"피곤하실 텐데 괜찮으시겠어요?"

"응. 뒤처지는 것보단."

연출이 적극적인 만큼 경쟁 구도가 생기기 쉬웠다.

A팀과 B팀의 경쟁 구도는 양날의 칼.

칼자루는 연출이 쥔 셈이다.

'지혜 누나라면 믿을 수 있어.'

지호는 빙그레 웃으며 그녀의 참관을 승낙했다.

"저희 팀 촬영법이 마음에 드셨으면 좋겠네요."

그는 능숙하게 팀원들을 지휘하기 시작했다.

A팀은 주로 'V'자 카메라 세팅을 했다. 두 대의 카메라가 양쪽 대각선에서 배우의 연기를 담는 것이다.

동시에 두 곳에서 찍는 만큼 촬영 스케줄을 단축할 수 있고 배우의 연기를 보다 자연스럽게 편집할 수 있는 이점이 있었다.

'카메라 한 대로 촬영하면, 렌즈 교체나 카메라 위치를 바꾸는 경우엔 같은 연기를 여러 번 찍어야 했었는데……'

카메라 빌리는 예산과 필름을 아낀답시고 한 대로 촬영했던 게 불쑥 바보 같다는 생각이 들었다.

'하지만 이것만은 아닐 거야.'

지혜는 다른 무언가를 기대했다.

남다른 비결이라기에는 너무 시시했기 때문이다.

다음으로 눈에 띈 점은 지호가 배우들을 다루는 법이었다.

지혜는 마침 배우에게 다가가 말을 거는 지호를 주의 깊게 바라보았다.

"우리가 상의했던 캐릭터의 몇 가지 특성. 기억하죠?"

"네, 연습할 때도 캐릭터의 특성을 고려해서 연습했습니다."

용빈이 진지하게 고개를 끄덕이며 대답했다.

빙그레 웃은 지호가 난데없이 분필을 꺼내더니 법정 세트 바닥에 원을 그렸다.

"감독님, 지금 뭐하시는… 아!"

분필 자국을 눈으로 쫓던 용빈이 나지막이 탄성을 내질렀다.

지호는 카메라 앵글이 잡는 범주를 분필로 표시하고 있던 것이다.

"여기서만 벗어나지 않으면 돼요. 우리가 정한 성격에서만 벗어나지 않으면 무슨 짓을 저질러도 좋으니 마음껏 연기를 펼쳐보세요."

그는 스태프들에게 크게 외쳤다.

"킬성 들어가겠습니다, 사고 한번 쳐보죠!"

스태프들은 재빠르게 움직였다.

한 명, 한 명 표정이 편안해 보였다.

웃음기가 감도는 현장 분위기.

'모든 건 작품 의도 안에서 이루어진다. 배우한테든 스태프한테든 넓은 동선을 정해주고, 그 안에서 자유롭게 뛰놀도록 하고 있어.'

지혜는 새삼 감탄했다. 지호는 합리적인 질서 속에 자유를 주고 있었다. 이는 스태프들과 배우들이 즐겁게 작업할 수 있는 원동력이 되어 주고 있었다.

"이러니 배우들의 연기가 제대로 안 나왔지."

그녀는 저도 모르게 중얼거렸다.

이제야 깨달았다. 그동안 A팀과 B팀의 분위기가 달라서 배우들이 적응하기 힘들어했던 것이다.

'그런데 A팀 촬영에는 어떻게 금방 적응하는 거지?'

쇠뿔도 단김에 빼라고, 지혜는 조금 더 집중해 현장을 관찰했다.

그러다 한 가지 사실을 발견했다.

'촬영의 리듬을 끊지 않아.'

지호는 한 순간도 멈추지 않았다.

85필터와 뉴트럴덴시티 필터 외에는 아무 필터도 사용하지 않을 정도로 모든 과정을 단조롭게 축약시켰다.

또한 현장에서 즉흥적으로 내리는 결정들 역시 미리 준비해둔 것처럼 신속 정확했다.

매사에 조금도 망설이지 않는다.

그게 전과 달라진 점이었다.

'NFTS에서 뭘 배운 거야? 그새 더 괴물이 돼서 돌아왔잖아.'

그는 〈부산〉 때도 이미 천재의 범주에 들어 있었다.

그러니 베니스 영화제 최고의 영예인 황금사자상(Leone d'oro)을 거머쥔 것이다.

그런데 지금은?

"아예 너만의 스타일을 확립했네."

예전에는 지호에게 믿기 힘든 재능만 보였다면, 이제는 재능뿐만 아니라, 경험적으로도 완숙한 모습들을 언뜻언뜻 볼 수 있었다.

이것은 여러 작품을 완성시킨 감독이 자신의 한계를 계속 부숴 나갈 때 비로소 얻을 수 있는 것이다.

그러나 지호가 만든 작품은 기껏해야 다섯 개도 안 된다.

도대체 어떻게 이런 빠른 성장을 할 수 있었던 것인지, 지혜는 상상조차 가지 않았다.

그녀는 지호가 거대한 벽처럼 느껴졌다.

그때 곁에 디기 온 말라이카가 씨익 웃으며 말했다.

"표정이 엄청 굳었네요? 우리도 강의 시간에 지호를 볼 때면 딱 그런 표정이었죠. 하지만 아직 놀라긴 일러요. 진짜는 지금부터니까!"

지호가 카메라를 점검하며 배우들을 바라보았다.

"제가 신호하면 연기해 주세요."

이제부터 촬영할 신은 선기가 법정 한가운데 홀로 앉아 있는 장면이었다.

이내 준비를 하던 지호가 물었다.

"누나라면 어떻게 찍겠어요?"

지혜는 잠시 고민하다 대답했다.

"배우를 내려다보는 각도에서 핸드헬드로 찍을 거야."

"또 한 대는요?"

"글쎄……."

늘 카메라 한 대로 작업하던 그녀는 선뜻 대답이 나오지 않았다. 적당한 각도를 언급하며, 둘러대도 그만이지만, 기왕이면 최선의 구도를 발견해 내고 싶었던 것이다.

"한번 보세요."

지호가 말했고, 말라이카가 A카메라를 잡았다.

그녀가 설명했다.

"전 언니 말처럼 내려다보는 각도에서 핸드헬드로 찍을 거예요."

카메라를 고정시키지 않는 기법이기 때문에 미술감독 말라이카가 나선 것이다.

그녀가 자리를 잡자, 지호는 B카메라와 C카메라를 들고 움직였다.

'카메라가 세 대였어?'

지혜가 놀라는 사이 지호는 B카메라로 배우 뒷모습의 대각선에서 촬영했다. 동시에 C카메라를 높이 올라가 있는 말라이카의 다리에 걸고 클로즈업으로 당겨 찍었다.

그야말로 기상천외한 방법이었다.

'저런 식이면 테이크를 많이 가지 않아도 돼. 카메라 두세 대로 후딱 찍어버리면 되니까!'

만약 예산이 된다면 지호는 카메라 수를 늘릴 것이다.

그 예측은 머지않아 밝혀졌다.

차량 내부를 찍는 바로 다음 신에서, 지호는 스태프들에게 말했다.

"감독과 포커스 풀러(Focus puller: 카메라맨 조수)가 들어갈 공간을 확보할게요."

그는 차량 내부를 찍는 상황에서도 배우 한 사람에게 세 대의 카메라를 들이댔다.

한 대는 옆모습, 한 대는 측후면, 마지막 한 대는 인물 어깨 너머를 찍는 오버 숄더 샷으로 촬영했다.

그 순간.

"뭐하는 거야?"

지혜는 입을 딱 벌렸다.

지호가 이미 구도를 맞춰놓은 카메라를 움직이고 있었던 것이다. 카메라는 촬영 중인 카메라 앞을 가로질러 움직였다.

당연히, 모니터링을 하던 스태프가 보고했다.

"감독님! 카메라가 작품에 출연했습니다! 하하하!"

동시에 스태프들이 웃음을 터뜨렸다.

스크린 속 긴박한 상황에 카메라가 등장할 판이다.

지혜는 헛웃음이 나면서도 뭐하는 짓인가 싶었다.

그러나 지호는 흥분으로 붉어진 만면에 미소를 띠고 외쳤다.

"상관없어요! 그거 잘라내면 됩니다!"

그는 자신이 직접 카메라를 잡았다.

모니터 체크는 몇몇 스태프들의 몫이었다.

또한 스태프들의 보고만 듣고도 A, B, C카메라의 촬영분을 어떻게 붙이고 잘라낼지 설명을 했다.

머릿속에 편집을 어떻게 할 것인지 이미 모든 계획이 서 있지 않고는 불가능한 일이었다.

지혜는 참관하는 내내 손가락 하나 까딱이지 않았지만 촬영 때보다 더 큰 피로감을 느꼈다.

'완전 괴물이잖아?'

지호의 머릿속에는 완벽한 장면의 설계도가 들어 있는 것 같았다. 뿐만 아니라 테크닉도 완벽했다. 핸드헬드로 찍는데도 흔들림 없이 정밀한 부분을 담아낼 수 있을 만큼 고도의 숙련도를 갖고 있었다.

보고 따라할 수준이 아닌 것이다.

'현장 분위기와 뛰어난 기술이 합쳐져서 배우들에게 믿음과 평안을 주고 있어. 그러니까 솜이 물을 흡수하는 것처럼 바로 적응시킬 수 있는 거야.'

때마침 카메라를 내려두고 땀을 닦으며 다가온 지호가 물었다.

"누나, 어땠어요?"

"정말 많이 늘었더라."

지혜는 어깨를 으쓱였다.

"완전히 다른 사람이 된 것 같아. 잘 봤어. 너의 기술적인 면까지 따라할 수는 없겠지만 우리 B팀이 어떤 방식으로 촬영해야 할지 어렴풋이 알 것 같아."

그녀는 진작 A팀 촬영장에 방문하지 않은 걸 후회했다.

"가장 먼저 했어야 할 일은 A팀과 B팀의 촬영 분위기와 느낌을 맞추는 일이었어."

지호 역시 B팀 촬영장을 찾아가 본 적이 없다.

아무리 정체를 숨기고 있다 해도, 하다못해 사람이라도 보
내볼 수 있는 일이었다.

"팀워크를 간과했어요."

자신의 실수를 인정한 그가 말을 이었다.

"누나 아니었으면 한쪽 팀 촬영분을 모두 버리고 새로 찍어
야 했을지도 몰라요."

"이제는 내가 맞출게. 어느 한쪽이 서포터해 주는 편이 가
장 이상적이니까."

지혜는 양보하는 태도를 취했다.

그에 지호가 밝은 표정으로 대답했다.

"네. 그럼 부탁할게요, 누나."

＊　　　＊　　　＊

촬영은 5주 동안 진행됐다.

35일 차에 들어섰을 땐 모든 촬영과 편집이 끝나 있었다.

지호는 하루는 촬영, 다음 날은 편집을 하는 식으로 일정
을 잡았었다.

순서대로 촬영을 했기에 가능한 일이었다. 더불어 홍보 포

스터 주문 제작까지 모두 마쳤다.

그리고 36일째의 마지막 날.

지호는 모든 배우들과 스태프들을 불러 최종 편집본을 보여주는 시간을 가지기로 했다.

A팀은 물론이고 당연히 B팀도 참석했다.

B팀의 조연출로 활약한 김현수도 다른 스태프들처럼 부푼 마음을 안고 편집실로 향했다.

'드디어 감독님을 뵐 수 있는 건가?'

직접 만난 적은 없지만 A팀의 촬영 방식을 어깨너머로나마 본 김현수는 그를 거의 존경하게 된 상태였다. 연출부 막내로 들어가 온갖 잡일을 도맡아도 좋으니 받아달라고 할 요량이었다.

'나랑 연출 스타일이 비슷해. 분명 많은 걸 배울 수 있을 거야. 그리고 언젠간 감독님같은 실력을 갖게 되겠지! 그나저나 도대체 누굴까?'

현수는 촬영하는 내내 감독의 정체를 궁금해했다.

유명 영화감독인 건 확실한데, 이런 스타일을 가진 감독은 선뜻 떠오르지 않았던 것이다.

이런저런 생각을 하는 사이 마침내 편집실 문 앞에 도착했다.

지혜가 문을 열어주며 말했다.

"먼저 들어가세요."

현수는 마지막으로 들어갔다.

편집실 안은 깜깜했다. 눈이 어둠에 적응되고, 모니터 앞에 서 있는 사람의 얼굴이 시야에 들어왔다.

"신지호?"

현수는 화들짝 놀라며 저도 모르게 외쳤다.

B팀 스태프들이 그를 뒤돌아봤다.

졸지에 주목받게 된 현수는 민망한 기분에 사로잡혀 얼굴 반쪽을 가리며 생각했다.

'그래! 내가 위축될 게 뭐 있어? 이런 곳에서 스태프로 만날 줄은 몰랐지만……'

그는 심기가 불편해졌다.

'왜 자꾸 내가 잘해보려 할 때마다 내 인생에 나타나는 거야?'

자격지심이 고개를 쳐든 현수는 자신을 바라보는 모두에게 대답해 주듯 지호에게 친근한 투로 말을 붙였다.

"신지호, 오랜만이네. 네가 여기 있을 줄은 몰랐다. 너도 〈비밀〉 스태프로 참여한 거야? 자식, 영화제 입상했다더니 많이 컸네."

〈비밀〉 스태프들은 경악한 표정을 짓고 있었다.

마치 올해 최고의 미친 짓을 봤다는 시선들.

그때서야 현수는 무언가 일이 틀어졌음을 깨달았다.

　　등허리에 식은땀이 맺혔다.

　　'뭐야? 왜들 저렇게 쳐다봐?'

　　한편 지호는 현수가 들어오기 직전 자신의 정체를 밝힌 참
이었다. 그는 현수 말에 대답하는 대신 재차 입을 열었다.

　　"…말씀드렸다시피 저는 이번 영화 〈비밀〉의 감독으로서,
그 결과물을 보여드리기 위해 여러분들을 소집했습니다. 영화
제작 때와 마찬가지로 이 방 안에서 보고 들으신 것 모두 함
구해 주시길 바랍니다."

　　"예, 감독님."

　　"알겠습니다. 감독님."

　　모두들 깍듯하게 감독이라고 부른다.

　　심지어 촬영 기간 내내 현수와 어울렸던 포커스 풀러는 입
모양으로 그를 나무랐다.

　　'너 미쳤어?'

　　현수 입장에선 기가 막혔다.

　　'〈비밀〉을 만든 사람이 신지호였다고?'

　　지호가 대단한 업적을 남기고 있다는 사실은 알고 있었다.
대한민국 국민 중 그걸 모르는 사람은 없을 것이다.

　　하지만 제작, 기획, 연출, 각본, 카메라를 도맡으며 한 차원
높은 실력으로 모두의 존경을 살 정도인지는 미처 몰랐다. 막

말로 영화제는 재능 있고 운이 따라주면 좋은 성적을 거둘 수 있다. 그런데 〈비밀〉은 전부 운이라고 하기엔 제작 내내 관록이 묻어났던 것이다.

'신지호가 감독이었다니.'

현수는 내적 갈등에 사로잡혔다.

감독이 누군지 몰랐을 때 품었던 선망과, 감독의 정체가 지호란 사실을 알게 된 후 휘몰아치게 된 열등감이 충돌한 것이다.

그와 함께 자신이 뱉은 말에 대한 부끄러움이 물밀 듯 몰려왔다. 쥐구멍이라도 있으면 숨고 싶은 심정이었다.

얼굴이 붉어지는 그를 스치듯 일별한 지호가 스크린에 영상을 개봉 박두했다.

음악이 흐르며 오프닝 크레디트가 나오고 영화가 시작됐다. 영화는 처음부터 끝까지 지루할 틈 없이 흘러갔다. 다만 영화 자체가 '관객들이 가만히 앉아 있기에 조금 길다'는 평이 나왔다.

B팀이 돌아가고 난 뒤, 말라이카가 말했다.

"허리가 아픈 사람이나 소변 주기가 빈번한 사람은 내용을 빠짐없이 볼 수 없을 거야."

한편 영화를 보는 내내 고개를 갸웃거리던 빌이 불쑥 물었다.

"타이트하게 편집하는 네 스타일이 아니잖아?"

NFTS에서 룸메이트였던 그는 휴일에도 지호와 함께 학교 편집실에 틀어박혀 버린 필름들을 이리저리 편집해 보며 놀았더랬다. 그렇다 보니 단번에 이상한 점을 발견해낸 것이다.

그에 지호가 씨익 웃었다.

"배급 시사회를 열게 되면 검열 위원회 측 검열관들의 참석을 피할 수 없을 거예요. 그들이 좀 더 일찍 영화를 접하게 되는 거죠."

"검열 위원회 입장은 아직 모르잖아? 그럼 큰일 아니야?"

지혜는 허를 찔린 사람처럼 놀라 물었다. 검열 자체는 워낙 통과의례처럼 여겨지는 일이라서 미처 생각을 못하고 있었던 것이다.

그러나 정작 지호는 덤덤했다.

"분명 우리한테 유리한 일은 아니죠."

"뭔가 생각하는 게 있구나?"

말라이카가 묻자 A팀 모두 기대의 시선을 보냈다.

잠시 머릿속에서 대답을 정리한 지호가 입을 열었다.

"검열관들은 대놓고 상영 금지 판정을 내리진 못할 거예요. 그런 판정을 내릴 법적 근거도, 명분도 없으니까요."

"명예훼손이 될 수도 있다. 사회에 심각한 오해를 야기할 수 있다. 법적 근거는 없더라도 명분은 충분하잖아?"

지혜가 물었지만 지호는 고개를 저었다.

"우리에게는 저들이 모르는 새에 준비한 자료가 많아요. 만약 우리가 자료에 대해 사법기관과 언론기관의 검토를 받겠다고 한다면 협회 측은 한 발 물러설 가능성이 크죠. 대책을 세워야 할 테니까."

그는 또박또박 말을 이었다.

"그럼 검열관들은 시간을 벌기 위해 꼬투리를 잡아서 수정을 요구해 올 수 있어요."

"정말! 그럼 어쩌려고?"

"그래서 필요 없는 숏들을 놔둔 거예요. 그들이 빼달라는 곳을 빼주면서 가려운 곳을 긁어주는 거죠. 그 대신 우리가 필요한 부분을 요구하는 겁니다."

"설마 그래서 속옷 장면도 두 가지 버전으로 준비했던 거야?"

"네. 사실 편집 단계에서 선정적인 장면을 삭제하지 않은 것도 검열관들의 시선을 돌리기 위한 먹이일 뿐이에요. 어차피 검열관들은 공정한 척 조금이라도 선정적인 점들을 찾아내려 할 테니까요."

"흥정 솜씨가 대단하네."

말라이카가 나지막이 감탄했다. 그녀는 흥정이나 협상에 관한 쪽은 젬병이었기 때문이다.

그리고 며칠 뒤 〈비밀〉 배급 시사회 당일.

지호의 흥정 솜씨가 다시 한 번 빛났다.

영화가 끝나고 협회 측 검열관들 앞에 앉은 지호는 마치 청문회를 하듯 집중적인 지적 세례를 받았다. 검열관들은 취조하듯 공격성이 다분한 내용으로 무장한 채 딱딱하게 말했다.

"감독님. 굳이 속옷을 입고 와인을 마시는 장면은 필요 없을 것 같습니다. 들어내십시오."

"검열관님. 그 장면은 김봉민과의 밀회에 대한 디테일을 높이기 위한 장치입니다."

"너무 선정적이에요. 심의 위원회에서 청소년 관람 불가를 받을 수도 있습니다. 그래도 이 장면을 고집하시겠습니까?"

그 질문에 지호는 땅이 꺼질 정도로 한숨을 내쉬었다.

"하. 좋습니다. 그럼 두 사람이 함께 누워 있는 장면을 허락해 주시면 알몸의 실루엣은 들어내겠습니다. 또, 그다음 김봉민이 화분을 깨고 얼굴을 가격하는 장면도 허락해 주십시오."

등장인물들의 이름이 나올 때마다 심사 위원들은 불편한 표정을 지었다. 그렇다고 모든 장면을 삭제하라고 요구할 수는 없었다.

"알겠습니다. 그럼 다음으로 이 골프 캐디 장면은 직업에 대한 폄하일 수 있으므로……."

두세 장면을 요구에 따라 삭제해 주면 한 장면 정도는 용인
일 수밖에 없는 것이다. 검열관들은 삭제할 수 있는 부분에
한해선 최대한 불리한 부분을 요구하는 것이 한계였다.

　　그 결과 지호의 의도는 먹혀들었다.

　　'미리 준비하길 잘했어.'

　　만약 불필요한 장면을 모두 잘라낸 뒤 이 자리에 참석했다
면, 영화 전체가 난도질당해 뼈만 앙상하게 남았을 것이다.

　　"수고했습니다."

　　검열관이 말했다.

　　"검열에 대해 너무 불쾌하게 생각하지 마십시오. 꼭 필요한
과정이니 말입니다."

　　검열 위원회와의 대담이 끝났을 땐 지호가 원하던 이상적
인 형태의 영화가 완성되어 있었다. 어떻게 보면 검열관들의
손을 빌려 편집 작업을 거친 셈이었다.

＊　　　　＊　　　　＊

　　검열관들을 따돌린 지호는 〈비밀〉을 어떻게 하면 가장 잘
알릴 수 있을까에 대해 고민했다.

　　가장 먼저 떠오른 것은 자신이 각색해 영화로 만든 〈투데
이〉 원작의 책 표지였다. 영화가 개봉되고 책은 베스트셀러에

올랐다.

런던 퍼블리싱은 자체 표지 제작을 하는 출판사였다. 그들은 표지 디자인에 능해 출간하는 책들마다 독자들에게 깊은 인상을 남겼다.

그리고 그 출판사의 편집자 닐 대니는 언제든 도움을 청하라고 했었다.

'국내에서 만드는 것보단 그 편이 안전하겠지.'

결정을 내린 지호는 어설프게나마 원하는 표지 도안을 제작해서 보내기로 했다. 그는 영화배우들보다 제목 자체에 집중했다.

'붉은 립스틱. 그리고 자물쇠.'

자극적이다.

상징성도 높았다.

지호는 짧은 한 문장의 카피를 끝으로 메일을 전송했다.

〈입은 많아도 진실은 없었다〉

아주 짧은 한 문장.

너무 무성의한 것 아닌가 싶기도 했다.

그러나 고민이 길어지면 판단력이 흐려지게 마련.

지호는 자신의 즉흥적인 발상을 믿었다.

그리고 때마침 이번 영화의 최대 투자자인 CYN엔터테인먼트의 최태식 대표에게 전화가 걸려왔다.

─자네, 영화 준비는 잘 되어가나?

"예. 열심히 하고 있습니다."

그사이 두 사람은 호칭을 바꾼 상태였다.

지호는 진행 상황을 주기적으로 보내주었기 때문에 다른 말은 덧붙이지 않았다.

최태식 역시 의례적으로 물었던 것뿐이기에 곧 화제를 돌렸다.

─이번 영화가 잘되면 우린 곧장 투자 사업을 시작할 생각이네. 영화사로 데뷔하는 거지. 그래서 한창 우리도 준비 중이야.

"아, 축하드립니다."

그 방면으로 아는 게 별로 없는 지호는 떨떠름하게 대답했다.

그러자 껄껄 웃은 최태식이 그런 말을 한 이유를 밝혔다.

─발족식이나 행사 초대는 회사에서 할 걸세. 내가 자네에게 연락을 준 건 앞으로도 협력 관계를 잘 유지해 나가자는 의미로 생각해 주면 될 것 같네.

그러고 보니 말투에서 취기가 묻어났다.

미소 띤 지호는 노트북을 절전 모드로 돌려놓고 통화에 집중했다.

"좋게 봐주셔서 보람되고 기쁩니다. 이번에 큰 결단을 내려주신 것도 감사하고요."

―글을 잘 써서 그런지 말도 잘하는군!

최태식이 크게 웃으며 말을 이었다.

―그나저나 자네는 해외 배급사들과 연이 깊지? 이번 영화도 할리우드로 진출해야 하지 않겠나?

그 부분에서 지호는 잠시 망설였다.

"이 부분에 대해선 나중에 다시 상의하게 되겠지만… 실은, 국내 상영만 생각하고 있습니다."

―음? 어째서? 작품의 소재나 자네 역량으로 봤을 때, 오히려 할리우드가 유리하지 않겠나?

"누워서 침 뱉기 같아서요."

대답한 지호가 말을 이었다.

"세계적인 문제라면 몰라도, 〈비밀〉은 현재 한국 사회의 치부를 밝히고 있습니다. 배급 시사회 때 보셔서 아시다시피 굉장히 현실적으로 다루고 있죠. 만약 흥행에 목적을 두면 자연스럽게 영화의 취지가 흔들릴 거라고 생각합니다."

―음.

잠시 생각하던 최태식이 답했다.

―이 문제는 나중에 다시 이야기하도록 하지. 배급 시사회는 비공개 시사회이기 때문에 큰 문제가 없었지만 언론 시사회나 VIP 시사회의 경우 파장이 클 게야. 마음 단단히 먹길

바라네.

"감사합니다. 대표님."

최태식과의 통화를 마친 후, 지호는 기지개를 키며 오피스텔 베란다로 나왔다. 잠시 바람을 쐬며 머리를 식히려는 생각이었다.

무심코 먼발치를 보는 순간.

반대편 베란다에 서서 이쪽을 바라보는 남자가 보였다. 그는 무표정한 얼굴로 빤히 지호를 보고 있었다.

남자가 있는 곳은 완공된 신축 오피스텔이었다. 분명 어제까지 방이 비어 있었다. 아니나 다를까, 베란다 창을 통해 보이는 오피스텔 내부는 너무나 횅했다.

가구 하나 없다.

어쩐지 싸한 느낌이 든 지호가 그에게 먼저 말을 걸었다.

"날씨 참 좋죠?"

남자는 여전히 시선을 고정시킨 채 아무 대답도 하지 않았다.

그에 지호가 다시 물었다.

"이사 오셨나요?"

재차 이어진 지호의 질문에 남자는 아무 말 없이 안으로 들어가 버렸다.

벙어리가 아닌 이상 민망해서라도 대답을 했을 것이다.

아니, 말을 못해도 어떤 반응을 했을 것이다.

순간 띠리링— 소리와 함께 휴대폰에 문자 한 통이 도착했다.

—여기서 멈추지 않으면 죽는다.

협박 문자다.

처음으로 받은 협박 문자였지만 지호는 이상하게 공포심이 들지 않았다. 오히려 그는 조용히 분노하고 있었다.

'아버지, 어머니도 이런 식으로 협박을 당하셨을까?'

몸이 잘게 떨릴 만큼 감정이 요동쳤다.

지호는 애써 침착하며 중얼거렸다.

"시사회를 하자마자 움직였다?"

그것도 협박이라는 극단적인 방법을 썼다.

이는 지호의 작전이 잘 먹혔다는 반증이었다.

상대는 〈비밀〉에 대해 전혀 몰랐고, 급해졌다는 걸 유추할 수 있었다.

남은 건 언론 시사회와 VIP 시사회. 매스컴을 타고 입소문이 돌면 걷잡을 수 없다.

'막을 수 있으면 막아봐라.'

베란다 창 너머로 반대편 오피스텔을 노려보던 지호의 입꼬리가 올라갔다.

언론 시사회가 있는 날까지 협박은 계속됐다.

누군가 우편함에 목이 잘린 인형을 넣어두고, 오피스텔 문 앞에 고양이 사체를 놔두었다.

사무실을 들락거리는 스태프들이 몇 번이나 비명을 질렀는지 모른다.

"또야."

앤이 신경질적으로 말을 이었다.

"언제까지 참아야 돼? CCTV를 돌려보든 경찰에 신고를 하든 뭔가 해야 되는 거 아니야?"

말라이카 역시 동의했다.

"맞아. 그냥 넘기기에는 도가 지나쳐. 이러다 정말 무슨 일이 생기고 말거야."

그녀는 진지했다.

시선을 내리깐 채 볼펜으로 이면지를 긁적이고 있던 지호가 지혜를 보며 물었다.

"누나 생각은 어때요?"

"글쎄. 협박에 관련된 사진은 모두 찍어뒀으니까 신고하는 건 어렵지 않지. 하지만 잘 생각해야 돼. 신고한다고 해서 과연 협박이 멈출까?"

지호는 고개를 저었다.

"아뇨. 더 심해질 거라고 생각해요. 우리가 신고를 한다는 건 협박이 통했다는 반증이니까요."

스태프들의 표정이 어두워졌다.

두 사람의 의견에 일리가 있었기 때문이다.

그렇다면 해결책은 몰아붙여서 끝을 보던지, 아니면 이쯤에서 영화를 내리는 것뿐이었다.

"이대로 포기하자고 하면 안 듣겠지?"

지혜가 물었다. 모든 스태프들의 마음을 대변하는 한마디였다.

지혜의 질문에 지호는 모두의 예상에서 벗어나지 않는 대답을 했다.

"배우들은 공인이니 함부로 건들이지 못할 테고, 스태프 명단은 아직 비공개 상태예요."

지금이라도 빠지려면 빠져도 된다는 뜻.

그때 말라이카가 미간을 찌푸리며 말했다.

"모두 힘을 모아 만든 영화야. 나도 너만큼 내가 만든 영화에 대한 자부심이 있어."

앤이 선뜻 거들었다.

"나도. 게다가 한국에 여행 온 영국인들한테 뭘 어쩌겠어?"

"맞아, 맞아."

빌도 대수롭지 않게 동의했다.

그들의 면면을 살핀 지호는 살짝 웃었다.

"고마워. 이 은혜를 어떻게 갚지?"

"나중에도 잊지 말라고, 너한테 도움받을 일은 많을 것 같으니까."

말라이카가 한쪽 눈을 찡긋했다.

어깨를 으쓱여 보인 지호가 지혜에게 물었다.

"A팀은 결정 난 것 같은데. B팀은요?"

"아직 얘기 안 했어."

지혜는 멋쩍게 웃으며 덧붙였다.

"일한 급여도 이미 받았겠다, 협박받은 사실을 알면 대부분이 엔딩 크레디트에서 이름 지워달라고 할 걸?"

충분히 그럴 수 있다. 팀원들은 성과급을 받지 않기 때문이다.

이내 지혜가 다시 물었다.

"그래도 얘기할까? 팀에서 빠지면 비밀을 지켜야 할 의무도 같이 사라지는데."

"당연히 해야죠."

지호는 서슴없이 대답했다.

"협박받은 사실을 숨길 순 없어요. 팀에서 나가겠다는 사람은 보내줘야 하는 거고요. 원한다면 엔딩 크레디트에서 이름도 지워줄 거예요. 비밀 유지는 나가기 전 다시 한 번 약속을 받겠지만 강요할 권리는 없겠죠."

"그럼 문제가 생기지 않을까? 그럼 안 되겠지만, 나중에라도 지호 네가 명예훼손이나 무고죄로 고발당한다면 증인이 필요할 텐데… 우리 팀원이었던 사람이 돌아서면 상황이 굉장히 불리해질 거야."

"괜찮아요."

그는 전혀 긴장한 기색 없이 말을 이었다.

"곧 언론과 VIP 시사회가 연달아 있고, 영화도 개봉될 거예요. 우린 충분히 많은 증거들을 모으며 준비를 해왔죠. 어떤 편법도 없이 정공법으로 나가겠습니다."

모든 진실이 드러날 때까지 지호는 한 점 부끄러움도 만들지 않을 생각이었다.

지혜는 그를 보며 고개를 끄덕였다.

"알겠어. 그렇게 하자. 당연한 얘기지만 난 〈비밀〉 엔딩 크레디트 위쪽에 올려줘. 나름 B팀 감독이니까."

다들 웃음을 터뜨렸다.

무겁던 분위기가 화기애애해졌다.

맞물려 빙그레 웃은 지호가 회의를 정리했다.

"우린 지금 시간 싸움을 하고 있어요. 경찰에 불려 다니며 조사를 받을 시간도 없죠. 그렇다고 해서 상대가 협박해 왔다는 사실을 묵인해선 안 됩니다. 언론 시사회에서 잘못 건드렸다는 걸 알려주겠어요."

"아! 그 사실을 언론 시사회에서 발표한다?"

말리이카는 생각만 해도 통쾌한지 희열에 찬 미소를 띠었다.

그러자 지호가 어깨를 으쓱였다.

"어차피 그때부터는 전면전이야. 더 이상 숨을 필요 없다는 뜻이지."

*　　　*　　　*

〈비밀〉 언론 시사회 당일 아침.

고건수는 출근하자마자 후임 기자의 책상에 투명 파일을 집어던졌다.

"이거 뭐야?"

화들짝 놀란 후임 기자가 서둘러 속 내용물을 확인했다.

그곳에는 〈비밀〉 시사회 초청장이 들어 있었다.

"이건……!"

"이건?"

고건수가 언성을 높였다.

"신지호 감독 밀착 마킹하라고 다른 일 다 빼줬더니, 이건? 내가 눈 떼지 말랬지?"

"죄송합니다!"

후임 기자는 딱딱한 표정으로 핑계를 덧붙였다.

"리나 프라다 감독의 〈우주〉 제작과 기획을 맡는다고 해서… 제작 보고회 참석 명단에 있었는데……."

횡설수설하는 그를 빤히 바라보던 고건수가 고개를 흔들었다.

"같잖은 핑계 대지 말고, 신지호 감독이 〈비밀〉 촬영할 때 입고 있던 팬티 색깔까지 알아와. 점심시간 끝날 때까지 딱 두 시간 준다."

"알겠습니다!"

후임 기자는 투명 파일과 휴대폰을 들고 황급히 자리를 이탈했다.

그 뒷모습을 바라보던 고건수는 나직이 한숨을 내쉬었다. 자신도 정보를 구할 곳이 선뜻 떠오르지 않는 마당에 후임 기자가 정보를 물어올 확률은 극히 낮았다.

'어쩐다? 뭐라도 알아야 질문을 던지지…….'

심지어 영화 내용도, 투자사가 어느 곳인지도 모르고 있다. 제목도 이제 안 것이다.

눈앞이 아찔해진 그는 거칠게 중얼거렸다.

"빌어먹을. 대체 신지호 감독은 왜 비밀로 영화를 찍은 거야? 제목 따라 간다 이건가?"

구시렁댄 고건수가 휴대폰을 꺼내어 검열 위원회로 전화를 걸었다. 국내로 말하면 공연 윤리 위원회다.

디이얼을 눌러 담당 부서를 연결하자 수화기 뒤편에서 직원의 목소리가 들려왔다.

―공연 윤리 위원회 영화 사전 검열 부서입니다.

"〈시네마24〉의 고건수 기자입니다. 최근 배급 시사회에서 영화 〈비밀〉의 심사를 맡았던 검열관님과 통화할 수 있을까요?"

고건수는 말하는 순간에도 머리를 굴리고 있었다.

'능구렁이 같은 검열관들에게서 어떻게 정보를 얻어낸다?'

아니, 당장은 통화에 성공하는 것이 우선이다. 대부분 기자들의 전화를 피하기 때문이다.

그 순간 상대방의 목소리가 바뀌었다.

―제가 〈비밀〉의 검열을 맡았던 검열관입니다. 기자님이시라고요?

"네. 〈시네마24〉의 고건수 기자입니다."

고건수는 당황했다.

검열관이 냉큼 전화를 받는 경우는 드물었다.

그가 놀라든 말든, 검열관이 물었다.

―무슨 일이시죠?

"단도직입적으로 부탁드리겠습니다. 배급 시사회에 참석하신 걸로 아는데, 뭐든 좋으니 정보 좀 주십시오. 당장 오늘이 언론 시사회인데 아무런 정보가 없습니다."

—…기자님. 가서 뭘 보시든 신중히 기사를 작성하셔야 할 겁니다. 신지호 감독은 이번 영화로 역린을 건드렸어요. 제가 말씀드릴 수 있는 부분은 여기까집니다.

그렇게 말한 검열관은 전화를 뚝 끊었다.

고건수는 귀에서 수화기를 떼고 멍하니 핸드폰 액정을 바라봤다.

"이 새끼가 장난하나……."

괜히 궁금증만 더 증폭됐다.

대체 무슨 영화이기에?

"어떤 영화이기에 이 난리야? 검열관이 기자한테 다 경고를 던지고."

감조차 잡히지 않았다.

단, 확실한 건 하나 있다.

'터뜨릴 기삿거리가 있긴 있다는 거군. 신지호 감독이 또 사고를 친 거야. 할리우드 영화 제작, 각본, 기획을 도맡아서 시선을 끌고 정작 본인은 한국에 남아 영화를 연출했다? 모로 보나 대형 사고를 친 게 분명해.'

*   *   *

〈비밀〉 언론 시사회 당일 오후.

아침부터 여러 언론사에 팩스를 보낸 지호는 네러티브 제작사의 제임스 페터젠과 통화를 했다.

―신 감독님. 〈비밀〉 시사회가 끝나는 시간에 맞춰서 김포 공항으로 비행기가 갈 겁니다.

"알겠습니다."

두 사람이 나눈 대화는 리나 프라다의 〈우주〉 제작 보고회 일정에 관한 내용이었다. 지호는 〈비밀〉 시사회가 끝나는 대로 비행기를 타고 〈우주〉 제작 보고회에 참석하기로 되어 있었다.

두 작품 모두 소홀할 수 없는 실정인 것이다.

'그래도 〈우주〉로 연막을 친 덕분에 언론의 눈길은 피했어.'

작전은 성공적이었다.

그는 썩 만족한 가운데 나갈 채비를 했다.

오랜만에 정장을 입고 보타이를 맸다. 영화제에서 빌려 입고 그대로 기증받은 의상이었다.

"후우."

지호는 영화제 때보다 더 긴장이 됐다.

언론 시사회에 〈비밀〉이 공개되고 나서 몰려올 후폭풍은 그 역시 예측할 수 없었다.

이런 상황에 겁을 먹은 B팀의 김현수 외 몇몇은 엔딩 크레디트에서 이름을 빼줄 것을 요구했다.

하지만 의외로 대부분이 사회 고발에 참여할 것을 선언했다. 이는 비공개 시사회 때 영화를 보고 느낀 바가 컸기 때문이다.

어쨌거나, 진짜 시작은 지금부터였다.

그때 지혜에게 전화가 걸려왔다.

"네, 누나."

─배우들은 시사회 현장으로 직접 온다고 했어.

"다른 스태프들이나 누나도 굳이 사무실 들리실 필요 없어요. 전 따로 갈게요. 시사회장에서 봬요."

─괜찮겠어?

"에이, 설마 그사이 무슨 일이 있겠어요? 여기서 30분도 안 걸리는데. 택시 타고 이동할게요."

─대신 조심히 와.

"그럴게요. 참, 누나."

지호는 전화를 끊기 전 한마디 덧붙였다.

"그럴 리는 없겠지만, 저한테 무슨 일이 생겨도 시사회는 계획대로 진행되어야 해요. 오늘 기자들 앞에서 할 말은 스태프들 메일로 보내놨어요. 아시죠?"

─…알겠어. 그렇게.

"네. 그럼 이따 봬요."

획득을 받은 그는 전화를 끊고 기자들 앞에서 말할 내용을 프린트해서 챙겼다.

'이제 다 됐나?'

지호는 마지막으로 자료를 빠짐없이 챙겼나 확인한 뒤 사무실을 둘러보았다. 그다음 전등을 끄며 반대편 베란다에 시선을 주었다.

그곳에는 아무도 없었다.

"오늘이 결전의 날인데 넌 어디에 있는 거지?"

그는 나직막이 중얼거렸다.

물론 대답은 돌아오지 않았다.

잠시 반대편 베란다를 주시하고 있던 지호가 고개를 저으며 오피스텔을 나섰다.

밖에서 택시를 잡아타고 시사회가 있는 극장으로 향했다.

창밖 풍경이 빠르게 스쳐갔다.

택시가 속도를 내자 지호가 말했다.

"기사님. 제가 멀미가 심해서 그런데, 좀 천천히 가시주시겠어요?"

물론 상대가 오늘 극단적인 수단을 동원할 가능성은 적었다. 시사회 당일 날 지호가 무슨 사고를 당한다면, 영화 내용이 공신력을 얻을 수밖에 없기 때문이다. 애당초 그런 점을 노리고 영화를 공개한 뒤부터 빠른 템포로 일을 진행시켰던 것이다.

'그래도 만에 하나의 경우는 대비해야겠지.'

지호는 많은 경우의 수를 두었다.

최악의 경우 상대가 시사회 취소를 노릴 수도 있었다.

문득 수상한 점을 느낀 건 그때였다.

기사는 묵묵부답이었고, 차는 아직도 계속 달리고 있었다.

"기사님, 제가 속도를 줄여달라고……."

지호는 말을 멈췄다.

그 순간, 룸 미러를 통해 그와 눈이 마주친 택시 기사가 말했다.

"내가 경고했지?"

Chapter 4
권선징악

양옆의 문을 바라봤으나, 문은 이미 잠겨 있었다.

지호는 소름이 돋았다.

'이 타이밍에 대놓고 접근해 올 줄은 몰랐는데.'

오늘은 시사회 당일이다. 더구나 시사회장까진 불과 30분 거리. 지호에게 무슨 일이 생긴다면 영화 내용만 신뢰를 더한다.

이 점을 감안했을 때 지금 상황은 예상 밖이었다.

그러나 그뿐이다.

"첩보 영화가 따로 없네요."

지호는 태연했다.

"놀라지 않았나? 아니면 침착한 척하는 건가?"

"당연히 놀랐죠. 아무리 급해도 이 정도까지 무데뽀로 섭근할 줄은 몰랐으니까요. 택시 기사로 위장, 납치까지… 지금 하고 있는 모든 행동이 중범죄란 건 알고 있죠?"

운전대를 잡은 남자가 룸 미러를 힐끗 보며 답했다.

"넌 너무 설쳤어. 〈비밀〉을 몰래 만들어 개봉한다는 아이디어까진 좋았지만 실명을 그대로 쓴 건 실수였다. 네가 일을 크게 만든 거야. 이제 서로 상처뿐인 싸움이 돼버렸다."

궁지에 몰렸으니 이런 일을 벌일 수 있는 거다.

즉, 서로 죽기 아니면 까무러치기란 소리였다.

남자는 핸들을 꺾어 목적지와 다른 방향으로 빠졌다.

창문에서 눈을 뗀 지호는 편하게 등을 기대며 말했다.

"저희 부모님은 직접적으로 상관없는 진실을 알리려다 돌아가셨어요. 사고사로 밝혀졌지만 미심쩍은 부분이 많았죠. 어쨌든, 저는 얼마 전부터 그분들의 죽음이 단순 사고가 아닐 거라는 생각이 들더군요."

"그 사람들도 도를 넘었지. 너처럼 말이다."

"사고사가 아니란 뜻이네."

돌연 지호의 말투가 바뀌었다.

목소리는 얼음장처럼 차가웠다.

"늘 궁금했는데 알아낼 방법이 없더라고. 그때도 당신이 나섰나?"

"글쎄."

남자는 수풀이 우거진 강변에 차를 세우고 말했다.

"네 동료들에게 전화해서 시사회를 중단해라. 그래야 살아나갈 수 있다. 아니면 신명일 작가 꼴이 날거야."

"난 상대에 비해 가진 것도, 잃을 것도 적어. 그러니 이기려면 목숨 걸고 덤벼야지. 아버지보다 나은 아들이 되어야 하지 않겠어?"

지호는 핸드폰을 꺼내 보이며 흔들었다. 그는 대화를 나누는 도중 감각에 의지해 휴대폰의 음성녹음 기능을 켜두었던 것이다.

반면 남자는 피식 웃었다.

"그래. 하는 김에 그것도 지우고."

그때였다. 수풀이 우거진 강변으로 차량 한 대가 슬그머니 들어섰다.

덕지덕지 흙이 묻은 지저분한 차를 바라본 지호가 이를 드러내고 마주 웃었다.

"아직 고발을 하기 전이니 증인 보호 프로그램이라고는 말할 수 없고, 아주 특별한 경우 경찰의 보호를 받을 수 있다. 특히 유명인일 땐 이러한 요구를 하기가 더 수월하지. 요즘에는 촌스럽게 숨어 있다 미행하고 그러지 않더라고. 위치 추적 장치 몇 개 심고 낌새가 이상하거나 등록된 경로를 벗어나면 뒤쫓지. 다시 말해 넌 현행범에 증거까지 완벽하다는 소리다."

남자는 그의 시선을 따라갔다.

차에서 내린 건장한 형사가 권총을 뽑은 채 다가오고 있었다. 다른 한 사람은 도주할 경우를 우려해 차 안에서 대기했다.

그들을 빤히 바라보던 남자가 지호에게 물었다.

"…미리 예상했던 건가?"

"설마. 뭔가 행동을 취할 것 같아서 해둔 안전망이었는데, 그새를 못 참고 이런 바보 같은 짓을 벌일 줄은 몰랐지."

"나를 잡는다 해도 달라질 건 없다."

"그건 당신이 걱정할 문제가 아니야. 당신은 조사에 성실히 응하면 돼."

간결하고 건조하게 대답한 지호가 차문을 열고 내렸다.

남자 역시 반항하지 않고 차에서 내려 수갑을 찼다.

"당신을 협박 및 납치 미수로 체포합니다. 당신은 묵비권을 행사할 수 있는 권리가 있으며, 법정에서 유리한 진술을 할 수 있고, 변호사를 선임할 수 있습니다."

형사가 미란다 원칙을 읊었다.

남자는 고분고분하게 따르며 지호에게 말했다.

"지금이라도 언론 시사회 일정을 철회하고 없던 일로 해. 감당할 수 없는 일 저지르지 말고⋯⋯."

"시끄럽다! 빨리 차에나 타!"

형사가 그를 차 안으로 밀어 넣고 지호에게 물었다.

"감독님. 괜찮으십니까?"

"네. 감사합니다. 형사님들 덕분에 화를 면했네요."

"하하, 당연한 일을 했을 뿐인데요. 저런 놈들은 콩밥 좀 먹어봐야 합니다. 근처에서 순찰 돌고 있는 인원을 부를 테니 그 차 타고 시사회장으로 가시죠."

"알겠습니다, 감사해요."

형사들은 지호와 함께 기다렸다.

"저도 영화 좋아합니다. 감독님 영화는 손에 땀을 쥐면서 봤습니다. 〈부산〉 긴장감 대박이었죠."

곰 같은 덩치의 형사가 말하자 범인에게 수갑을 채웠던 후임 형사가 말했다.

"저희 같은 직업이 문화생활에 약하다고 많이들 생각하시지만, 의외로 영화 좋아하는 사람들 많습니다. 장르는 범죄, 액션, 스릴러로요. 저도 〈투캅스〉랑 〈세븐〉 보고 형사를 꿈꿨거든요!"

불규칙적인 생활을 하다 보니 평일이 되면 푹 쉬기 바빴다. 생활 패턴이 달라 인간관계 역시 자연스럽게 멀어졌다. 그러면서 쉬는 날에는 집에 틀어박혀 TV를 보거나 영화를 보게 되는 것이다.

어떤 영화는 누군가에게 꿈과 동기를 부여한다. 더불어 지친 사람들에게 편안한 안식처가 되기도 한다.

지호는 새삼 자신의 직업에 뿌듯한 기분이 들었다.

"저도 범죄, 액션, 스릴러 장르는 좋아합니다. 시나리오를 쓸 때나 촬영 내내 흥분이 되죠."

세 사람이 영화에 대해 이런저런 이야기를 나누는 사이, 순찰차가 도착했다.

"이제 저희는 가보겠습니다. 안전하게 들어가십시오."

그렇게 인사한 후임 형사가 차에 먼저 탔고, 반면 곰 같은 선임 형사는 머뭇거리며 말했다.

"저, 실은… 딸애가 감독님 팬입니다. 실례가 안 된다면 사진과 싸인 한 장 부탁드려도 되겠습니까?"

"물론이죠. 생명의 은인인 걸요."

지호는 선선히 허락했다.

목적을 이룬 형사들이 떠나고 순찰차를 탄 지호는 언론 시사회가 열리는 극장으로 향했다.

배우들과 스태프들이 상영관 밖에서 대기하고 있다가 지호를 발견하고 물었다.

"경찰차 타고 왔다며? 무슨 일 있었어?"

"헐. 무슨 일이야?"

질문이 쏟아지자 지호가 자초지종을 설명했다.

"오는 길에 잠깐 납치됐었어. 눈치로 봐서 범인은 김봉민 의원 쪽 하수인 같은데… 쉽게 입을 열 것 같진 않아."

"장난치는 거 아니지?"

"그게 방금 납치당했던 사람 표정이야?"

"말투가 왜 이렇게 침착해?"

다들 크게 놀라 물었다.

유나는 아예 얼굴색이 하얗게 탈색됐다.

"괜찮아? 어디 다친 데는 없고?"

"괜찮아요, 누나."

살짝 웃은 지호가 스태프들에게 말했다.

"이런 무리수를 둔다는 건 그만큼 마땅한 대비책이 없다는 말과 같아요. 언론 시사회를 막으려던 계획이 무산됐으니 앞으로 승기는 우리한테 있습니다. 확실히 지금껏 쉬쉬하며 일을 진행했던 보람이 있네요."

고개를 끄덕인 지혜가 대답했다.

"하긴. 저쪽에서 〈비밀〉의 존재를 알게 된 건 영화가 모두 만들어지고 배급 시사회까지 끝났을 때이니… 대비할 시간이 부족했겠지."

"언론 시사회가 성공적으로 끝나고 보도가 나가면 상영관을 내주지 않고는 못 배길 거예요."

지호의 말에 스태프들은 회심의 미소를 지었다.

한편 막 영화가 시작된 상영관 안에선 웅성거리는 소리가 들려왔다. 영화 시작과 함께 '영화의 등장인물은 모두 실존 인물이며 실화입니다'라는 문구가 뜬 것이다. 그야말로 기존 사회 고발 영화와 궤를 달리하는 파격적인 시도였다.

오프닝 크레디트에 배역 이름이 나타나자 언론인 관객들이 경악했다.

"현직 국회의원 아니야?"

"실명으로 대놓고 까겠다고?"

"저거 법적으로 문제없는지 검토해 봐."

여러 의문의 목소리.

그러나 여러 웅성거림 속 일각에선 국정을 제대로 돌보지 못한 고위직 인사들을 실명 그대로 고발한다는 사실에 쾌감을 느낀 사람들도 다수 존재했다.

"역시 할리우드 감독은 스케일이 달라."

"영화 역사상 이런 경우가 있었나?"

기자들은 기억을 되새기며 유사 사례를 찾고, 잠시 후 상영될 영화가 사회에 끼칠 영향을 짐작해 보았다. 그들에게는 영화 자체가 내포한 재미보다 '기삿감으로 얼마나 적합한가.'에 대한 고민이 먼저였기 때문이다.

기자들의 그러한 직업 정신은 영화의 내용이 점차 깊어짐에 따라 점차 무너져 냉철한 기자들의 판단력을 녹여 내리고 있었다. 그들이 푹 빠졌을 때쯤에는, 손에 쥔 펜대가 부러지도록 주먹을 쥐고 얼굴을 붉히고 있는 상태였다.

'저런 개새끼!'

언론인으로서 부푼 꿈을 가졌던 때가 떠올랐다. 사명감을 갖고 세상의 어두운 면을 밝히겠노라 맹세했었다.

지금이 그 일을 할 때였다. 영화가 모두 실화라고 생각하니 속이 뒤집혔다.

'아무리 윗물이 썩었다고 하지만……'

정계, 재계, 법조계 간의 더러운 유착 관계. 권력에 물들고 교만에 빠진 그들의 민낯이 적나라하게 드러났다. 그리고 그 주역들은 모두 실명으로 신랄하게 까발려지고 있었다.

영화 시작부터 끝까지 한 장면, 한 장면이 모두 감춰졌던 사실이고 기삿거리였다. 입체감 있는 연기와 연출은 다시 공감을 불러일으켰다. 곳곳에 버무려진 블랙코미디는 영화의 완급 조절을 해주는 별미였다.

언론인 관객들은 영화가 시작했나 싶던 찰나 엔딩 크레디트가 올라가는 것 같은 기적을 경험했다.

"선배, 영화 어떻게 보셨습니까?"

다른 언론사에서 근무하는 후배 기자 한 명이 고건수에게 물어왔다.

그에 고건수는 자신의 수첩을 내려다봤다. 영희에 너무 집중하는 바람에 아무것도 쓰여 있지 않았다. 이럴 땐 기억에 의존해야 한다.

"무대 인사 때 질문을 해봐야 좀 더 정확히 알 수 있겠지만… 콩밥 먹고 싶어서 환장한 인간이 아니면 정확한 자료 없이 이런 영화 못 만들지."

"신 감독이 영화의 사실을 뒷받침할 만한 자료를 갖고 있을 거라는 말씀이십니까?"

지호가 〈비밀〉에 나온 사건들 중 몇 개만 증명해도 사회에 핵폭탄급 사태가 일어날 터였다.

후배 기자는 미심쩍은 표정으로 말을 이었다.

"에이, 설마요. 제가 봤을 땐 그럴싸한 심증 몇 개로 섣불리 만든 것 같은데요? 재능은 뛰어나도 아직 젊지 않습니까? 혈기왕성한 나이에 용감하게 달려든 거죠. 객기인 줄도 모르고."

"글쎄."

고건수는 가타부타 말하지 않았다. 긍정도, 부정도 아직 이른 것이다.

'도대체 무슨 생각이지? 만약 저 내용이 전부 사실이고 뒷받침할 자료가 있다고 한들, 모든 전말이 밝혀질 때까진 조사를 피할 수 없을 텐데… 지금도 최고로 잘나가는 감독이 왜 굳이 그런 모험을 감수하는 거야?'

그 순간 의문을 풀어줄 지호와 〈비밀〉 배우들이 상영관 안으로 들어섰다.

언론인들이 앉은 객석은 쥐 죽은 듯이 조용했다.

이내 사회자가 객석을 향해 말했다.

"신지호 감독님에게 한 말씀 듣고 질문을 받겠습니다."

동시에 거의 모든 기자들이 질문을 위해 미리 손을 들었다. 바쁘게 플래시가 터졌다.

이제 지호가 질문할 사람을 지목할 차례. 그는 질문을 받기 전 짧게 말했다.

"느닷없는 〈비밀〉 시사회에도 기꺼이 참석해 주신 여러분께 감사합니다. 영화를 보신 분들은 이해하시겠지만, 내용 특성상 영화를 만드는 내내 비밀을 유지할 수밖에 없었습니다."

잠시 손을 내렸던 기자들이 다시 손을 들었다.

그러나 지호는 멈추지 않고 덧붙였다.

"저는 이곳에 오는 동안에도 누군가의 협박을 받았습니다. 이는 비단 어제오늘의 일이 아닙니다. 여러분이 보신 〈비밀〉이 어디까지 사실인지, 무엇이 〈비밀〉 속 실존 인물들에게 극단적인 선택을 하게 하는지, 우리가 어떤 과정을 거쳐 영화 속 사실을 입증하게 됐는지 그 모든 자료를 공개하겠습니다."

이내 스크린에 자료 화면이 뜨기 시작했다.

첫 장면은 신명일, 김희수 부부의 사고 현상이었다.

"많은 분들께서 기억하실 겁니다. 신명일 작가 내외의 사고 현장입니다. 오늘 보신 영화는 제 아버지, 신명일 작가의 유작을 각색한 작품입니다."

객석이 술렁였다.

그중 고건수 기자가 못 참고 물었다.

"〈시네마 24〉의 고건수 기자입니다. 지금 그 말씀은, 두 분이 사고가 아닌 살해되셨다는 건가요?"

모두가 묻고 싶은 말이었다.

지호는 다음 화면으로 넘기며 말했다.

"정확한 정황은 재조사가 이루어져야만 밝혀지겠지만 어느 정도 살해 사실을 밝힐 만한 자료는 수집한 상태입니다. 이곳에서 돌아가시기 전 자료들이 고스란히 담긴 USB를 드리겠습니다. 그리고 이건 오늘 저를 납치한 범인에게서 녹취한 녹음 파일입니다."

그는 휴대폰을 마이크에 대고 녹음 파일을 재생했다.

그러자 택시 안에서 나눈 대화가 고스란히 흘러나왔다.

기자들은 마른침을 꼴깍 삼켜가며 녹취록을 모두 들었다.

이내 지호가 말을 이었다.

"방금 보고 들으신 것처럼 저를 노린 자가… 사고가 있던 날 부모님을 노렸던 자일 가능성이 큽니다."

부모님의 억울한 죽음을 떠올린 그는 목소리가 다 먹먹해졌다.

지호는 목청을 가다듬고, 화면을 넘겼다.

"여기까진 제가 영화를 만들게 된 동기일 뿐, 빙산의 일각이라고 봅니다. 화면을 보시죠."

화면이 뒤로 넘어갈 때마다 기자들은 경악했다.

영화에 나온 것보다 훨씬 많은 진실이 은폐되어 있었던 것이다.

뇌물, 청탁, 비리, 성매매는 기본이었다. 파일 안에는 법조계, 정계, 재계 인사들의 유착 관계가 낱낱이 들어 있었다.

'난리가 나겠어.'

고건수는 눈을 질끈 감았다.

이건 특종이랄 것도 없었다. 지호가 자료를 공식적으로 공개한 이상 내일이면 모든 언론사들이 너도, 나도 보도를 해댈 것이다.

객석 가득히 플래시가 터졌다.

정작 핵폭탄을 터뜨린 장본인은 담담한 표정으로 앉아 기자들에게 말했다.

"그럼 이제부터 질문을 받겠습니다."

한참 언론 시사회가 진행되고 있는 시각.

국무총리 문성준은 대검찰청에 들어가 있었다.

그는 검찰총장과 마주앉아 말했다.

"아무래도 이 나라의 환부를 도려낼 때가 온 것 같습니다."

검찰총장의 안면이 살짝 떨렸다.

말만 들어도 숨이 막히는지, 곤색 넥타이를 좌우로 풀며 묻는다.

"…결단을 내리신 겁니까?"

"상황이 그래요. 국민들은 바보가 아닙니다. 모든 전말이 드러나지 않았던 그동안은 지지자들과 안티 사이에서 줄다리기를 하며 자연스럽게 이득을 챙겨왔지만, 뚜렷한 윤곽이 드러난 지금은 빼도 박도 못해요. 우리가 살려면 이 일이 잊힐 때까진 숨죽이는 수밖에 없습니다."

"알겠습니다. 조사 과정에서 리스트에 없는 분들의 이름이 언급되지 않도록 신경 쓰겠습니다."

고개를 끄덕인 문성준이 나직이 한숨을 내쉬었다.

'김봉민은 당연하고… 그 추종자들이 난리 좀 치겠어.'

분명 지호를 막지 못한 자신에게 화살을 돌릴 것이다. 어쩌면 폭로전을 하자고 들지도 몰랐다. 그럼에도 그는 발을 빼기로 결심했다.

언론 시사회까지 열린 마당에, 오늘 밤이면 언론 매체들이 보도를 시작할 터.

국민들이 분노하면 검찰에서 불가피하게 조사에 착수할 테고, 영화의 열기가 식기 전까지 여론은 점차 거세질 것이다.

그런데 해당 영화가 잘 만들어진 명작이라면?

영화를 본 관객들도 이 사건을 영원히 잊지 않는다.

'누군가에게 보고 또 봐지겠지. 영원히 사람들 입에 오르내릴 거야. 어떤 자료든 찾아내서 지워버리면 그만이지만 영화는 한 번 퍼지면 그게 불가능해.'

그런 생각을 하자 불쑥 오한이 들었다.

"처음부터 회유를 했어야 됐어, 어쩌자고 세계적인 감독을 적으로 만들어서는……."

문성준은 홀로 중얼거렸다.

그러나 아무리 후회를 해봐야 때는 늦었다. 이제 자신의 생존이 달렸다. 그야말로 사자의 코털을 건들인 셈이다.

그는 인터폰을 켜고 비서에게 말했다.

"신지호 감독과 약속 잡아. '우리 사회에 어두운 면을 밝혀준 국민 영웅께 감사드린다.'고 꼭 전하게."

급한 대로 응급처치를 끝낸 그는 마침내 등을 편히 기대며 한숨을 푹 내쉬었다.

'마치 글리잇 올 상대로 승리를 거둔 다윗 같군. 우리 모두 방심했어.'

아무리 세계적인 명성이 있어도 영화감독이 뭘 할 수 있겠나 싶었다. 촘촘한 감시망과 법망을 유유히 빠져나가리라고는 상상도 못했다. 그런데 지호는 예상을 깨고 모든 국민에게 고발한 것이다.

*　　　*　　　*

—신지호 감독, 〈비밀〉 언론 시사회에서 한국 사회의 내면을 폭로하다!

—〈비밀〉은 어떤 영화? 현 사회를 고발한 사회 고발 영화.

—충격과 경악에 빠진 기자들, 〈비밀〉 언론 시사회 현장을 취재하다.

인터넷이 들썩였다.

한국 사회가 분노했다.

별도의 영화 홍보는 필요 없었다. 전국 언론이 홍보를 대신해 주었다.

일을 비밀리에 진행하기 위해 영국 런던 퍼블리싱에 외주 맡겼던 영화 포스터가 도착했고, 상영관에 걸렸다. 붉은 입술을 꿰고 달린 자물쇠. 강한 인상을 남기는 포스터다.

더불어 신지호 감독, 그리고 사회 고발 영화. 이 막강한 두 가지 키워드가 신문과 뉴스를 통해 전국에 알려졌다. 동시에 영화에 얽힌 사연도 함께 보도됐다.

검찰은 본격적인 조사에 착수했고, 영화 〈비밀〉의 리스트 속 인물들은 당연한 수순처럼 명예훼손과 무고죄로 맞고소를 했다.

TV만 틀면 온통 그 이야기뿐이었다. 영화에 관심이 없던 사람들마저도 예매를 하고 개봉을 기다렸다.

"〈비밀〉, 개봉 전부터 전국의 상영관이 매진 릴레이입니다. 한국의 역대 흥행 기록을 벌써 갈아치웠어요."

제임스 페터젠이 말했다.

지호는 그가 보내준 전세기를 타고 할리우드에 도착해 있던 상황이었다.

"흥행되어서 기쁘긴 한데… 제게도 검찰 출석명령이 떨어졌어요. 〈우주〉 제작 보고회만 마치고 서둘러 돌아가 봐야 해요."

"아쉽군요. 리나가 감독님을 많이 보고 싶어 했는데. 그녀는 감독님이 바쁘신 와중에도 제작과 기획 과정 하나하나 세심하게 신경 써주셨다고 감사하고 있습니다."

"만족스러웠다니 다행이네요."

대답은 겸손하게 했지만 지호는 〈비밀〉 못지않게 〈우주〉 제작과 기획에 많은 신경을 썼다. 무엇보다 자신이 열 살 때 동심으로 썼던 가본을 망칠 수 없었고, 리나 프라다의 감독 데뷔작을 빛내주고 싶었다.

그사이 흡족하게 웃은 제임스 페터젠이 물었다.

"그나저나 검찰 출석은 괜찮은 거겠죠?"

"자세한 건 직접 출석해 봐야 알겠지만 의례적인 조사일 뿐 큰 문제는 없을 것 같아요."

지호가 이렇게 확답하는 데에는 그만한 이유가 있었다.

〈우주〉 제작 보고회 일정으로 인해 전세기를 타러 가는 길, 검찰총장에게 직접 전화가 왔었던 것이다.

그는 지호에게 편안한 목소리로 말했다.

─신 감독님. 잠시 나오셔서 이번 사건에 관한 내용을 다시 한 번 들려주셨으면 합니다. 비록 상대측에서 명예훼손과 무고죄로 대응을 했다지만 감독님께는 정상참작의 여지가 다분합니다. 전 국민이 응원하고 있으니 부담 없이 나오셔서 조사를 받으시지요.

그는 굉장히 우호적이었다. 이에 뒤처질까 면식이 있는 국무총리, 문체부 장관에게도 안부 전화가 걸려왔다.

분명 이번 일로 많은 이들이 죗값을 받을 테지만 부정을 저지른 모든 이들을 처벌할 순 없을 것이다.

'그래도 경각심 정도는 주었겠지.'

이만하면 영화의 목적은 달성했다고 봐도 무방했다.

이런저런 생각을 하던 중 두 사람은 제작 보고회 현장에 도착했다.

한국 영화들이 제작 발표회를 할 때의 딱딱한 분위기와 달리 할리우드 제작 발표회는 자유분방했다. 오죽하면 파티를 연상시켰다. 웨이터들은 할리우드 영화 캐릭터들로 분해 서빙을 다녔다.

"이것 참… 멋지네요."

지호는 나지막이 감탄했다.

그때 리나 프라다가 양손에 샴페인을 들고 다가왔다. 그녀는 잔 하나를 건네며 반갑게 인사했다.

"두 달 만이에요, 감독님. 얼마 안 됐는데 살이 좀 빠졌네요? 내가 이메일로 괴롭혀서 그런가?"

실제로 두 사람은 〈우주〉를 만드는 과정에서 정신없이 이메일을 주고받았었다.

지호는 샴페인 잔을 받으며 어깨를 으쓱였다.

"그럴지도 몰라요."

"그래도 덕분에 영화는 잘 나왔어요. 아직 못 봤죠?"

"네, 아직."

"비공개 시사회 때 극찬을 들었어요. 감독님도 관객들 표정을 보셨어야 하는데!"

리나는 흥분해서 말했다.

지호는 그녀의 작품이 어떨지 궁금했지만 시간적인 여유가 없는 상황이었다. 검찰 조사를 늦추고 싶지 않았던 것이다.

"이번에는 제작 보고회가 끝나면 돌아가 봐야 될 것 같아요. 하지만 조만간 꼭 보겠습니다."

그의 대답을 들은 리나는 순간적으로 시무룩한 표정을 지었지만, 이내 아무렇지 않게 웃으며 말했다.

"그럼 함께 우리 영화를 보는 건 뒤로 미루죠. 자, 저를 따라오세요. 할리우드의 저명한 분들을 소개해 드릴게요. 그들 모두 신 감독님을 만나고 싶어 한답니다."

그녀는 아역 때부터 할리우드 스타로 자리매김했기에 인맥이 대단했다.

지호는 스크린으로만 보던 유명 배우들, 동경하던 영화감독들, 여간해서는 만나기 힘든 재력가들과 정치인들까지 얼굴을 트고 인사를 했다.

제작 보고회에서 지호가 할 일은 많지 않았다. 그는 새로운 사람을 만나, 리나가 자신을 소개하면 일어나 인사하고, 샴페인을 마시며 구경했을 뿐이다.

한 것은 별로 없었지만, 지호는 엄청난 피로를 느꼈다. 16시간의 시차를 극복하고 할리우드에 오자마자, 행사를 마치는 대로 다시 한국에 가야 하는 상황인 것이다.

제작 보고회가 끝나고 제임스 페터젠이 리무진에 그를 태우며 말했다.

"다음 작품은 꼭 할리우드에서 하시죠."

지호는 지친 미소를 띠며 대답했다.

"감사해요, 제임스. 그때 다시 뵙죠."

네러티브 제작사에서 준비해 준 전세기를 타고 김포공항까지 도착한 지호는 리무진을 타고 헤이리 집으로 무사히 귀가했다.

집에 도착했을 땐 이미 파김치가 되어 있었다.

핼쑥한 안색을 본 이지은이 울상을 지었다.

"이런… 세상에. 이게 무슨 일이니?"

"배고픈 것만 빼면 괜찮아요, 숙모."

그녀는 서둘러 지호에게 밥을 차려주었다.

얼마 지나지 않아 서재현과 서수열이 식탁으로 다가와 둘러앉았다.

지호를 바라보던 서재현이 먼저 입을 열었다.

"신문에서 봤다. 마침내 진실을 밝혔더구나."

"조사 결과가 아직 나오질 않아서 결과를 봐야 해요, 삼촌."

"음. 언론을 잘 다뤘더구나. 아마 큰 문제없이 조사가 진행될 게다. 신명일 작가 리스트에 거론되었던 놈들은 모두 실직

했다고 봐야지."

그때 수열이 거들었다.

"맞아요! 제 친구들한테도 형은 완전 우상이에요. 솔직히
구국 영웅 대우받을 만하죠."

살짝 웃은 지호가 식구들의 시선에 답했다.

"상황이 어떻게 흘러갈 진 모르겠지만 저한테 유리한 건 확
실해요. 그래도 역시… 또 다른 권력자들이 그 자리를 채우겠
죠."

그러나 서재현은 고개를 저으며 말했다.

"하지만 점점 좋아질 게다. 그자들도 경거망동할 수 없을
게야. 넌 정말 훌륭한 일을 해냈다. 네 아버지, 어머니도 하늘
에서 기뻐할 일을 해냈어."

"감독님. 누추한 곳에 모시게 됐습니다."

담당 검사가 조사실에서 처음 꺼낸 말이었다. 그는 조심스
럽게 덧붙였다.

"이것 참… 그래도 형식상 필요한 부분이니 양해해 주십시
오. 혹시 필요하신 게 있으시면 언제든 저나 사무관에게 말
씀하시면 됩니다."

지호는 불구속 상태에서 조사를 받았다. 검찰에서 최대한
신경을 써줬기 때문에 조사 분위기도 편했다.

오히려 그를 취조하는 담당 검사가 좌불안석이었다. 전 국민이 무혐의 결과만 기다리고 있는 사건이니 부담이 컸던 것이다.

조사실에서 나온 담당 검사에게 사무관이 보고했다.

"추가적인 사건 관련 파일 검사님 책상에 올려뒀습니다."

"고맙습니다."

지친 안색을 보며 사무관이 위로했다.

"힘내십시오. 그래도 신명일 리스트에 언급된 양반들 조사 맡은 검사님들보단 나은 편 아닙니까? 점심 때 만난 사무관들도 죽을 맛이라고 앓는 소리 하더라고요."

"그쪽은 형량 무겁게 때릴수록 박수를 받는 분위기잖아요? 위에서도 확실히 밀어주고 있고……. 전 제가 검사인지 변호사인지 헷갈릴 지경입니다. 김 의원 측 변호사가 이번에는 명예훼손으로 신 감독을 고소했어요."

"정상참작이 될 테니 벌금형으로 끝낼 수 있지 않습니까? 국민들이 뭐라고 하던 소신 있게 밀고 나가셔야죠. 어차피 판결을 내리는 건 판사니까요."

"모르겠습니다. 전 국민이 신 감독한테 표창이라도 해야 한다는 의견이라. 벌금만 때려도 역적이 될 판이에요."

담당 검사는 푹 한숨을 내쉬었다. 자신뿐 아니라 검찰 소속 대부분이 이번 일을 달갑지 않게 생각하고 있을 터였다. 검찰에서 했어야 할 일을 영화감독이 대신 해준 셈이었기 때문이다.

"신 감독은 국민들의 가려운 부분을 속 시원히 긁어줬어요. 이제 아무도 그를 건들일 수 없게 되었습니다. 국회에서 제안 꽤나 받을 걸요?"

담당 검사의 추측은 정확했다. 지호는 국민들의 절대적인 지지를 얻었고, 재판 결과는 원고 패소가 나온 것이다.

지호는 유유히 법원을 나왔다. 영화 〈비밀〉에 얽힌 사건이 마무리되자 그는 마침내 베니스 영화제, 아카데미 시상식 이후부터 줄기차게 쏟아졌던 방송국 섭외 요청에 응했다. 가장 먼저 출연 결정을 내린 곳은 공중파 뉴스였다.

그날 아침, 지호에게 넥타이를 메어주던 이지은이 눈시울을 붉혔다.

"부모님의 한을 풀어주고 국민들의 영웅이 되다니… 네가 정말 자랑스럽구나."

지호는 그녀를 살짝 안으며 대답했다.

"갈 곳 없던 저를 친자식처럼 키워주신 삼촌과 숙모가 계셨기에 가능했던 일이에요. 정말 너무 감사해요."

숙모와 인사를 나누고 집을 나선 그는 택시를 타고 방송국으로 갔다.

생소한 방송국 로비에 도착한 지호는 일전 통화를 나눴던 담당 프로듀서에게 전화를 걸었다.

그리고 얼마 지나지 않아 프로듀서가 허겁지겁 달려 내려왔다.

삑.

출입증을 찍고 바람같이 다가온 프로듀서는 두 손으로 지호의 손을 붙잡으며 말했다.

"보나마나 다른 곳에서도 제의가 많이 갔을 텐데, 저희 방송국에서 출연을 결정해 주셔서 감사합니다."

"별말씀을요. 저도 뉴스에 나오는 건 영광입니다."

솔직한 심정이었다. 감독이 뉴스 게스트로 출연했다는 말은 아직 들어본 적이 없었던 것이다.

빙그레 웃은 프로듀서가 안으로 안내하며 답했다.

"자, 이쪽으로 오십시오. 제 예상처럼 겸손하시군요. 실은 수상 소감을 좀 찾아봤었습니다. 하하!"

정작 지호는 자신의 수상 소감이 기억나지 않았다. 스스로 직접 찾아본 적도 없었다. 수상 순간 너무 들떴고, 수상 후에는 되돌려 보기가 부끄러웠던 것이다.

그는 얼굴을 살짝 붉히며 말했다.

"엉망이었을 텐데 부끄럽네요. 제게는 카메라 뒤편이 더 익숙합니다."

"의외네요. 워낙 외모가 출중하신 데다 이미지도 시명한 배우서서 그런지, 화면도 그만큼 잘 받으실 것 같은데요."

"그러게요."

지호가 머쓱하게 웃자 프로듀서는 덩달아 웃음을 터트리며 화제를 돌렸다.

"스튜디오에 들어가시면 앵커가 길잡이를 할 겁니다. 감독님은 편하게 대화를 나누시면 되요. 불편한 질문을 받으시면 앞에 준비된 물을 한 모금 들이키시면 됩니다. 목이 말라서 드실 땐 질문 직후를 피해주세요."

"예. 알겠습니다."

"그 외에 필요한 부분은 모두 모니터에 나올 겁니다. 어떤 문제가 발생하든 긴장하지 말고 모니터를 보세요."

"알겠습니다."

지호는 눈을 반짝이며 착실하게 대답했다.

방송은 처음이었기에 신기했던 것이다.

스튜디오에 입장하자 매일 저녁에 화면을 통해 보던 뉴스 앵커가 준비를 하고 있었다. 그는 지호를 발견하고 일어나 손을 내밀었다.

"반갑습니다, 신지호 감독님. 오늘 인터뷰 진행을 맡게 된 MAS 방송국 아홉 시 뉴스 앵커 조재흠입니다."

굉장히 깔끔한 인상의 사십 대 남자.

지호가 마주 대답했다.

"매일 뉴스에서 뵀습니다."

그에 조재흠이 빙그레 웃었다.

"영광입니다. 저도 지금까지 나온 신 감독님의 영화는 모두 봤습니다. 영화를 참 좋아하지만 바빠서 일일이 챙겨보진 못했었는데, 신 감독님 영화만큼은 반드시 봅니다. 특히 이번 〈비밀〉은 언론인으로서 많은 생각을 하게 되더군요. 오늘 이 영화에 대한 이야기 많이 해주시죠. 오프닝 인터뷰인데, 기대하고 있겠습니다."

시종일관 부드러운 어조.

뉴스 앵커답게 청산유수다.

지호는 내심 감탄하며 말했다.

"감사합니다. 저야말로 잘 부탁드려요."

머지않아 앵커 조재흠과 게스트 지호가 자리했다. 스튜디오 세팅이 끝나고 나자 프로듀서가 신호했다.

"스탠바이……."

9시가 되는 동시에 그가 외친다.

"큐!"

매번 같은 오프닝이 나오고 나서 조재흠이 입을 열었다.

"우리가 문화생활로 즐기는 영화가 사회에 끼치는 영향이 얼마나 될까요? 우리가 살아가고 있는 사회에 꽁꽁 숨겨져 있던 진실을 파헤침으로서 거대한 권력층을 몰아내고 굉장한 이슈로 떠오른 영화가 있습니다. 전례 없는 인기를 누리고 있는 영화죠. 〈비밀〉의 신지호 감독님을 모셨습니다."

"반갑습니다."

지호가 정중하게 인사를 했다. 지금 장면이 전국에 나가고 있다고 생각하니 긴장이 됐다.

한편 이런 상황이 익숙한 조재흠은 거침없이 질문을 던졌다.

"반갑습니다. 감독님, 스무 살에 베니스 영화제 최고의 영예인 황금사자상을 받으셨습니다. 그리고 같은 해 동양인 최초로 아카데미 시상식 각본상을 수상하셨죠. 벌써 이때부터 세계적인 무대에서 최연소 기록을 갱신하셨습니다. 세계적으로 인정받는 천재. 분명 탄탄대로가 보장되어 있었을 텐데요. 굳이 지금 시기에 〈비밀〉이라는 위험성 높은 사회 고발 영화를 만드신 이유가 있나요?"

짧게 생각에 잠겨 있던 지호가 입을 열었다.

"말씀하신 것처럼, 과분하게도 여러 번 영광스러운 자리에 설 기회를 가졌습니다. 많은 일을 겪으며 제가 문득 들었던 생각은, 만약 시기가 더 늦춰지면 아버지의 유작인 〈비밀〉을 공개하지 못할 것 같다는 생각이었습니다."

"그런 생각을 하게 된 이유가 있나요?"

"많이 가질수록 잃을 것도, 겁도 많아질 것 같더라고요. 그런데도 '내가 과연 무모한 용기를 낼 수 있을까?'하는 의문이 든 거죠. 반대로 제가 미숙한 시기에는 〈비밀〉의 원작이 가진 메시지를 소화할 수 있다는 자신감이 부족해서 영화를 만들 엄두를 내지 못했었습니다."

"그렇군요. 저도 나이를 먹으면서 겁이 많아진다는 걸 느낍니다. 예전에는 답답할 정도로 용감했는데 말이죠. 말씀을 듣다 보니 그 시절 생각이 나네요."

공감한 조재흠이 이어 물었다.

"〈비밀〉을 만들기에 지금이 적기였다는 말씀이신데… 언론 시사회에서 밝혀진 바로는 제작 과정에서 협박도 여러 번 있었다고 들었습니다."

"네. 그랬죠. 언론 시사회 당일도 택시 기사로 위장한 킬러한테 납치당했었으니까요."

"안 그래도 그 부분에 대해 소문이 분분했습니다. 언론 매체에서 일부 과장했을 거라는 의견도 있었고, 범인이 잡힌 걸보면 범죄 정황도 일치할 거라는 의견도 있었는데요. 아직 검찰에선 이렇다 할 조사 결과를 발표하지 않고 있는 상태입니다."

"시사회 당시 세세한 상황을 전하진 않았습니다만, 언론 매체에서 발표한 기사들은 사실과 크게 다르지 않습니다. 스릴러 한 편 찍었죠."

지호는 씨익 웃으며 말을 이었다.

"그전에도 여러 번 협박이 있었습니다. 〈비밀〉을 만든 스태프들과 배우들은 그 모든 부담을 견뎌야 했죠. 그들의 용기가 있었기 때문에 이번 영화를 여러분께 선보일 수 있었습니다."

"대한민국의 젊은 영웅들입니다."

한마디로 일축한 조재흠이 마지막 질문을 했다.

"이제 슬슬 인터뷰를 마쳐야 할 시간인데요. 영화 〈비밀〉이 개봉되면서 그야말로 우리 사회의 수뇌부라 할 수 있는 사람들이 무더기로 구속됐습니다. 마지막으로, 이러한 결과에 대한 감독님의 견해가 궁금합니다."

조재흠의 질문에 지호는 바로 답하지 않았다. 곰곰이 생각하며 생각을 정리한 지호가 차분하게 대답했다.

"사실 그럴듯하게 주장할 견해가 없습니다. 아들로서 아버지 신명일 작가의 유작을 영화로 만들었고, 국민 중 한 사람으로서 적극적으로 알 권리를 행사했으며, 영화감독으로서 사회 고발 영화를 만든 것뿐입니다. 저는 영화 〈비밀〉을 보시는 관객분들의 견해를 듣고 싶습니다."

인터뷰는 오랜 시간이 걸리지 않았다.

앵커 조재흠은 이 코너를 일단락 지었다.

"이상 〈비밀〉의 신지호 감독이었습니다. 소중한 시간 내주셔서 감사합니다."

"감사합니다."

고개 숙여 인사한 지호는 스튜디오를 나왔다.

프로듀서가 엄지를 치켜세우며 말했다.

"제가 뉴스 진행하고부터 역대 최고 시청률입니다."

시청자들은 말이 없다.

오직 시청률로 말한다.

'역대 최고 시청률'이란 결과만 봐도 현재 이 사회에 〈비밀〉과 신지호 감독이 가진 영향력을 알 수 있었다.

프로듀서가 거듭 인사를 했다.

"게스트로 나와 주셔서 감사합니다. 국민들은 감독님을 보고 싶어 해요. 감독님 이야기를 듣고 싶어 하죠."

"감사합니다."

지금 지호가 가진 이미지는 최고였다. 만약 그가 배우였다면 최고의 나날을 보내고 있을 것이다.

하지만 지호는 영화감독이었다.

'영화로 말하고 영화로 평가받고 싶은데… 이번 일로 잡음이 너무 커졌어.'

감독 이름만 보고 관객들이 상영관으로 몰려드는 건 괜찮다. 하기만 관객들이 지호의 이미지를 떠올리고 꿈보다 해몽을 몸소 실천해가며 영화를 호평하면 그건 문제가 된다.

관객들의 냉정한 평가가 없으면 영화는 객관성을 잃을 수 있다. 이는 감독의 척도가 흔들릴 수 있는 일이었다.

그때 프로듀서가 물어왔다.

"바쁘신데 수고 많으셨습니다. 그나저나, 감독님 다음 작품은 언제쯤 볼 수 있는 건가요?"

해맑은 표정.

팬으로서의 질문이다.

지호는 살짝 웃으며 대답했다.

"아마 다시 해외에서 촬영을 해야 될 것 같습니다."

"역시 영화는 할리우드죠!"

능청스럽게 대답한 프로듀서가 덧붙였다.

"감독님. 저도 연출을 전공한 한 사람으로서 항상 응원하고 있겠습니다."

"열심히 하겠습니다."

지호는 방송국을 나오며 다음 계획을 구상했다.

분명 한국 영화의 위상은 할리우드에서도 많이 올라갔다. 그러나 아직은 서구 영화들이 할리우드를 꽉 잡고 있다.

그런 생각을 하자 번뜩 스치는 생각이 있었다.

'영화의 본고장이라고 해서, 천년만년 최고를 누리라는 법은 없지.'

이제 NFTS 유학생이 아닌 한 사람의 영화감독으로서 할리우드를 바라볼 때였다.

Chapter 5
영화의 본고장으로 I

서수열은 올해 두림예술고등학교 연기과에 합격했다.

그는 자신의 우상인 지호와 같은 학교에 지원했고 마침내 합격한 것이다.

이제 겨울방학이 시작됐지만, 방학이 끝나는 대로 기숙사에 들어갈 예정이었다.

"축하한다, 수열아."

지호의 말에 수열은 활짝 웃었다.

"형이랑 함께 작업할 수 있을 정도로 좋은 배우가 될게."

지호가 연출하는 영화에 주연배우로 참여하는 것.

그게 바로 수열의 꿈이었다.

'오직 내 힘으로 이룰 거야'

아버지가 한때 세계적인 영화감독이었던 서재현이다.

또한 친형 같은 관계의 지호는 현재 세계적인 영화감독이다.

남들이 보면 배우로서 성공하기 위한 최고의 조건을 갖춘 셈이지만, 수열은 가족의 도움을 받고 싶지 않았다.

물론 간혹 친구들은 부러운 눈빛으로 그를 보며 말했다.

"넌 숟가락만 올려도 탄탄대로 아니야?"

"너희 형한테 나에 대해 잘 좀 말해주면 안 돼?"

"와아, 신지호 감독님이 형이면 기분이 어때?"

실은 부담스러울 때가 더 많았다.

친구들은 자신 아닌 지호를 보고 다가왔다.

아버지와 형이 최고의 영화감독이다 보니 자신한테도 기대의 시선을 보낸다.

어릴 때에는 그런 사람들의 시선이 굉장히 부담스러웠지만, 지금은 그러한 시선들을 어느 정도 무시할 수 있게 되었다. 하지만 모두와 어울리는 지금도, 속까지 터놓을 수 있는 깊은 친구라고 부를 수 있는 사람은 없다.

저녁을 먹고 방에 돌아와 둘만 남자, 이런저런 생각을 하던 수열이 물었다.

"형, 또 떠나야 돼?"

지호는 집에 있을 때보다 나가 있을 때가 많았다.

때문에 어려서 늘 붙어 있던 수열은 외로움을 느꼈다.

어쩌면 진심을 터놓을 수 있는 친구가 없어서인지도 몰랐다.

그 덕분에 연기에 좀 더 집중할 수 있지만, 마음은 언제나 쓸쓸했다.

한편 지호는 수열의 흔들리는 눈동자를 마주보며 대답했다.

"응. 일주일 후쯤 출국할 예정이야."

"아……."

그때, 아쉬워하는 수열을 빤히 보던 지호가 덧붙였다.

"방학 때 특별한 일 없으면 같이 갈래?"

"응?"

수열이 눈을 동그랗게 뜨고 물었다.

"진짜? 미국에 같이 가자고? 정말이야?"

굉장히 기뻐하는 눈치다.

고개를 끄덕인 지호가 미소를 보였다.

"응. 삼촌이랑 숙모한테는 내가 말할게. 너도 영화 좋아하고 배우가 꿈이니까 할리우드에 한번 가보는 것도 좋은 경험이 될 거야."

수열은 얼굴이 빨개져선 몸 둘 바를 몰랐다.

"우의! 와… 진짜 고마워, 형! 우와! 하하하!"

껑충껑충 뛰기까지 한다. 벌써 지호보다도 덩치가 거신 수열이 뛰자 땅이 울리는 느낌이었다.

피식 웃은 지호가 그를 말렸다.

"반응이 너무 격한 거 아니야? 집 무너지겠다."

그들 형제는 오랜만에 함께 누워 깊은 대화를 나눴다.

관심사가 같아서 그런지 공감대 형성에 어려움이 없었다.

대개 수열이 묻고 지호가 대답했는데, 수열은 별나라, 달나라 이야기 듣듯이 흥미로워 했다.

그 뒤에 찾아오는 건 확실한 동기부여였다.

'나도 어서 형이 있는 곳까지 올라가고 싶어!'

한참 이야기를 나누던 두 사람은 밤이 깊어서야 잠이 들었다.

지호는 다음 날도 아침 일찍 눈을 떴다.

평소 습관대로였다. 반면 수열은 아직 쿨쿨 잠에 빠져 있었다.

이부자리를 정리하고 씻고 평상복으로 갈아입은 지호는 서재로 내려갔다.

"안녕히 주무셨어요?"

그가 인사하자 거실에 있던 서재현과 이지은이 답했다.

"음. 일찍 일어났구나."

"부지런도 해라."

두 사람이야말로 부지런했다.

지호가 두 손을 내저으며 말했다.

"에이. 삼촌에 비하면 늦잠 잔 거죠."

서재현은 매일 아침 5시에 눈을 뜬다. 그러나 그는 겸손하게 일축했다.

"나이 먹어서 밤잠이 없어진 게지."

빙그레 웃은 이지은이 부엌으로 가서 생과일주스를 갈아다 주었다.

"감사해요, 숙모."

한 잔을 단숨에 비운 지호가 맞은편 소파에 앉아 조심스럽게 운을 뗐다.

"삼촌, 숙모. 어제 수열이랑 이야기를 좀 해봤는데요. 방학 동안 제가 할리우드 견학을 시켜주면 어떨까 해요."

"미국에 같이 가겠다고?"

서재현이 묻자 지호는 밝게 대답했다.

"네. 수열이한테도 분명 좋은 경험이 될 거예요."

서재현과 이지은은 시선을 교환했다.

그리고 이내 이지은이 미소를 띠며 말했다.

"정말 괜찮겠니? 수열이한테야 당연히 좋은 일이지만… 네가 워낙 바쁘니 괜히 하는 일에 지장을 받을까 걱정이구나."

"아네요. 본격적으로 작품에 들어가면 숙모 말씀처럼 바빠지겠지만, 아직 차기작 각본도 생각해 두지 않은 상태인데요. 일단은 저도 좀 쉬면서 그쪽 시장에 대해 먼저 파악을 해놓으려고요."

그 말을 들은 서재현이 이지은에게 말했다.

"난 지호 말에 동의하네."

그제야 이지은은 고개를 끄덕였다.

"알겠어요. 지호만 괜찮다면 모두에게 좋은 일이죠."

그녀는 지호를 보며 말을 이었다.

"고맙구나. 네가 처음 우리 집에 들어왔을 때 불안하지 않았다면 거짓말이다. 수열이와 형제처럼 지낼 수 있을까, 큰 상처를 이겨낼 수 있을까… 걱정도 많았지. 그런데 이렇게 잘 자라주어서 너무 고맙다."

"저야말로 감사해요. 두 분이 안 계셨더라면 전 지금처럼 안정적이고 행복하게 지내지 못했을 거예요."

지호는 깊이 고개를 숙였다.

울컥 눈물이 났기 때문이다.

'감사합니다.'

다시 한 번 속으로 말한 그는 고개를 돌려 창밖을 바라봤다. 언덕 위, 부모님의 묘소가 있었다.

'엄마, 아빠. 전 잘 지내고 있어요.'

속말을 하는 지호.

지호는 매일 밤 언덕에 올라가 부모님에게 이런저런 이야기를 들려드렸다.

근래에는 영화 〈비밀〉을 만들어 아버지가 생전 고발하려했던 대상들을 모조리 처벌했다는 말을 해줄 수 있었다.

그러자 마음 한구석에 자리 잡고 있던 돌덩어리 같은 응어리가 풀리는 기분을 느꼈다. 마침내 부모님의 숙원을 풀고, 이곳에서 해야 할 일을 모두 마쳤다는 해방감이 들었던 것이다.

'저를 항상 보살펴 주셔서 감사해요.'

그는 비밀리에 영화를 만드는 데 성공했고, 온갖 협박 속에서도 살아남았다.

자칫 위험할 뻔했던 순간들도 셀 수 없이 많을 터였다. 지금 돌이켜 봐도 아찔한 상황들을, 당시에는 아무렇지도 않게 극복했다.

어디서 그런 대담한 용기가 솟았는지 모를 일이었다. 성공적으로 영화 개봉을 할 수 있었던 것은 천운이 따랐다고 밖에 볼 수 없었다.

이런저런 생각을 하며 창밖으로 시선을 던지고 있는 지호의 옆모습을 바라본 서재현과 이지은은 지호가 대견하면서도 안쓰럽다는 표정을 짓고 있었다.

*   *   *

[신기록 제조기, 태풍급 사회 고발 영화… '비밀'이 가져온 것들.]

신지호 감독의 〈비밀〉은 개봉 전부터 잔잔하던 사회에 돌풍을 몰고 왔다.

언론 시사회를 통해 세 가지 사실이 밝혀졌다. 비밀리에 영화가 만들어졌고, 철저한 고증하에 실명 그대로 실화를 다뤘으며, 비공개 시사회 이후 실권자들의 협박을 받아왔다는 것이다.

이 내용이 언론에 보도되면서 국민들의 관심이 집중됐다.

과연 이 내용이 사실일까? 한국 사회를 주름잡는 실권자들에게 도전장을 내민 '신지호 사단'이 국내에서 살아남을 수 있을까?

그 결과는 협박과 위험에 굴하지 않았던 〈비밀〉 제작진의 승리였다. 영화 〈비밀〉에 등장하는 리스트, 소위 '신명일 리스트'로 불리는 파일 안에 이름이 올라가 있던 인원들을 대상으로 대대적인 조사가 시작됐다. 검찰이 발칵 뒤집힌 것이다.

그사이 〈비밀〉은 개봉 전부터 예매율 60%를 넘기며 압도적 1위를 했다. 이는 시작에 불과했다. 역사상 최고의 오프닝 기록, 흥행 기록을 갈아치우며 흥행 불패의 역사를 새로이 써나갔다. 개봉 2주차까지 매일 하루 평균 백만 관객이 넘게 봤다.

한편, 영화를 본 국민들은 분노했다. 국민들의 관심을 단숨에 끌어들인 〈비밀〉은 구속 수사를 받고 있는 인원들을 완벽히 몰아붙였다.

〈비밀〉은 문화·예술이 우리 사회에 끼칠 수 있는 긍정적 효과를 보여주었다.

국민들을 하나로 결집시켰고 언론과 검찰을 숙연하게 만들었다.

이렇듯 신지호 감독은 동종 업계 종사자들에게 전율을 선물하며 우상이 되었다. 많은 영화인들이 그를 따라 사명감을 가지게 될 것이다.

세상이 점점 변화할 수도 있다.

향후에도 이번 영화 〈비밀〉이 어디까지 영향을 끼치게 될지 기대가 된다. 또한 매번 우리를 전율하게 만드는 신지호 감독의 미래 역시 기대를 갖고 지켜볼 것이다.

〈시네마 24〉 고건수 기자

영화 〈비밀〉은 개봉 첫째 주에 천만 관객을 돌파했다. 둘째 주에는 천팔백만 관객을 동원하며 역대 흥행 기록을 갈아치웠다.

이미 둘째 주 안에 볼 사람은 다 봤기 때문에 셋째 주부터 관객 수는 눈에 띄게 오르진 않았다.

그럼에도 봤던 사람이 또 보고, 영화를 멀리하던 사람들조차도 극장을 찾으며 관객 수는 조금씩이나마 착실하게 오르고 있었다.

더 이상 관객 수는 의미가 없었다. 〈비밀〉에 참여했던 배급사, 제작사, 투자자들, 배우들 모두 떼돈을 벌었다. 배우들이 이번 영화로 하여금 일약 스타덤에 오른 건 말할 것도 없었다.

　영화가 예상보다 훨씬 큰 성공을 거두면서 지호는 스태프들에게까지 약속되어 있지 않았던 인센티브를 지급했다. 이래저래 팍팍 분배를 하다 보니 정작 감독 수중에 들어온 돈은 처음의 금액에 비해 많이 줄어 있었다.

　'그래도 건물 한 채 값이야.'

　큰돈을 손에 넣었지만 유달리 큰 감흥은 없었다.

　이미 여러 편의 각본이 흥행했고, 자신이 각본부터 연출까지 직접 맡은 〈부산〉, 〈투데이〉, 〈새벽〉 역시 세계적인 성공을 거두면서 큰돈을 만져봤던 것이다.

　그래도 국내에서 최고의 성공을 거둔 작품은 〈비밀〉이었다. 지호 개인적으로 지금까지 만든 영화 중 가장 뜻깊은 작품이기도 했다.

　〈비밀〉의 성과에 걸맞게 쫑파티도 성대하게 열렸다.

　파티는 청담동의 오래된 최고급 레스토랑에서 진행됐는데, 대여료는 물론이고 음식까지 모두 무료였다.

　영화 〈비밀〉이 가진 인지도와 지호의 이미지가 한몫씩 한 결과였다.

"방문해 주셔서 감사합니다."

오히려 레스토랑 주인은 공손하게 인사했다.

"오늘 하루 마음껏 즐기시면 됩니다."

음식은 계속해 나왔지만 지호는 스태프들, 배우들과 근처 고기 집으로 2차를 가기로 했다. 배급사 측에서 주선한 만찬이었지만 최고급 레스토랑은 편하게 놀기에 불편하고 부담스러웠던 것이다.

일단 지호는 스태프들, 배우들을 먼저 보내고 자리에 남았다. 투자자들이 그와 내밀한 대화를 나누길 원했기 때문이다.

"해외 상영관 미개봉은 감독님의 의견에 따르기로 했습니다. 대신 DVD는 수출을 하는 쪽으로 결정하시지요."

투자자 한 명이 대표로 말하자 나머지 투자자들 역시 고개를 끄덕였다.

그때 최대 투자자인 CYN 엔터테인먼트의 최태식이 거들었다.

"내 생각도 그게 좋을 것 같네. 이익을 놓치기에는 너무 아쉽네. 더구나 영화란 매체가 가지는 영향력을 제대로 보여준 사례가 되었어. 우리나라의 불편한 치부를 숨기는 건 자존심을 지키는 일이 아니야. 오히려 떳떳이 드러내고 고치는 편이 자존심을 지키는 길이지."

지호는 뒤통수를 한 대 세게 맞은 느낌이었다.

'내가 잘못 생각하고 있었어.'

최태식의 말이 다 맞았던 것이다. 치부를 숨기는 것은 자존심을 지키는 길이 아니다.

숨기기만 해선 썩어갈 뿐이다.

지호는 고개를 끄덕였다.

"알겠습니다. 그 부분은 투자자분들의 의견에 따르겠습니다."

한 사람, 한 사람 고마운 얼굴들이었다. 이유야 어쨌든 당시 권력을 쥐고 있었던 자들에게 반하는 영화를 만드는 데도 망설임 없이 투자해 준 사람들이었다.

면면을 눈에 넣은 지호가 잔을 들며 말을 이었다.

"영화 〈비밀〉을 성공리에 세상에 선보일 수 있었던 것은 여기 계신 투자자분들 덕분입니다. 감사합니다."

그러자 투자자들이 잔을 들며 한마디씩 했다.

"하하! 우리야 감독님을 믿은 것 아니겠습니까?"

"그래서 회사 이미지도 좋아지고, 돈도 벌었지요."

"원래 좋은 일은 과정이 힘들 뿐 언젠가는 복이 따르는 법입니다. 허허허."

지호는 영화 투자 사업을 하고 있는 그들과 대담을 나누며 국내 영화계의 일면을 들여다 볼 수 있었다.

그들과의 대화 끝에, 지호의 머릿속에 한 가지 생각이 차올랐다.

'흥행에만 치중하다 보니 장르가 다양하지 않아.'

이는 진지하게 고민해 볼 만한 문제였다.

지호는 투자자들과 좀 더 대화를 나눈 뒤 스태프, 배우들이 모여 있는 2차 뽕파티 장소로 갔다.

"신지호 감독님!"

"어서 오세요!"

"이쪽으로 앉으세요!"

모두들 지호를 격하게 반겼다.

지호가 배우들이 모여 있는 테이블에 앉자 취기가 잔뜩 오른 용빈이 말했다.

"감독님. 다음 영화에도 불러주십시오."

그는 술잔을 채워 건넸다.

다른 배우들 역시 내심 은근히 바라는 눈치였다. 이는 지극히 자연스러운 바람이었다. 지호 눈에 들면 할리우드 진출도 꿈은 아니었기 때문이다. 배우들에게 감독이란 운명을 좌지우지할 수 있는 능력을 가진 존재였다. 그 감독이 지호라면 더더욱 인생 작품을 만날 확률이 높았다.

반면 지호는 웃음으로 때웠다. 아직 각본도 안 나온 상태에서 차기작을 논하기는 섣부르다고 생각한 것이다.

그는 배우들에게 건배 제의를 했다.

"위험 부담이 큰 영화에 기꺼이 참여해 주셔서 감사합니다. 〈비밀〉은 여러분 덕분에 세상 빛을 볼 수 있었습니다."

"건배!"

배우들이 잔을 부딪쳤다.

한 잔, 두 잔 마시며 이야기를 나누다 보니 시간은 금방 흘러갔다.

지호는 자신보다 나이가 많은 스태프들과 배우들의 배웅을 받으며 새벽 시간 택시를 잡아타고 집 앞까지 갔다.

집에 들어가자 거실에서 TV를 보던 이지은이 꿀물을 타주었다.

"술 많이 마셨니?"

"하하… 좀 마셨어요. 오늘 〈비밀〉 쫑파티가 있었거든요. 감사합니다."

꿀물을 받아 단숨에 들이마신 지호는 그녀에게 인사를 했다.

"숙모. 안녕히 주무세요! 저 올라가 볼게요."

"그래. 얼른 씻고 자라."

고개를 끄덕인 지호는 2층 방으로 올라가 샤워를 하고 노트북을 켰다. 그동안 틈날 때마다 구상해서 폴더별로 정리해 둔 시놉시스, 트리트먼트들을 하나씩 열어보았다.

"이건 패스… 정서상 맞지 않아. 이건 예산이 너무 많이 들어."

지호는 쓱쓱 훑으며 중얼거렸다.

한참 그렇게 반복하던 그는 문득 한 작품에서 움직임을 멈췄다.

"으음."

지호의 눈에 들어온 작품.

장르는 드라마다. 해당 각본은 불우한 환경의 소녀가 피아노를 접하고 음악을 통해 세상의 고난을 극복해 나가는 과정을 그리고 있다. 아주 빤한 내용 같지만 다른 점이 있다면 이 작품에서의 소녀는 흔한 소재로 등장하는 음악 천재가 아니란 점이다.

지호가 이 시놉시스를 쓴 목적은 뚜렷했다.

'절망적인 사람들에게 희망의 메시지를 주고 싶었지.'

그럼 우리 주위에서 볼 수 있는 절망에 찬 사람을 밑바탕으로 그려야 한다. 재능도 일반적인 범주에서 벗어나선 안 된다. 조금도 특별하지 않고, 오히려 부족한 사람이 특별하게 되어가는 과정만이 사람들에게 희망을 줄 수 있을 것이다.

"이게 좋겠어."

결정한 지호는 지체하지 않고 시놉시스, 트리트먼트 창을 띄운 채 빈 문서를 열었다.

"후."

깍지를 끼고 손을 푼 그는 나직이 숨을 내쉬고는 타자를 두드리기 시작했다.

타타탁! 타타타탁!

고요한 가운데 타자소리만 도드라졌다.

그렇게 밤은 점점 깊어만 갔다.

*　　　　*　　　　*

그로부터 삼 일 동안 지호는 글에 빠져 있었다. 심지어 먹고 잘 때마저도 머릿속에 내용이 맴돌았다. '완벽히 몰입하지 않은 상태에선 아무것도 나오지 않는다.'는 것이 그의 신념이었다. 당연히 작품 외에는 아무것도 신경 쓰지 못했다.

삼 일 만에 퀭해진 지호를 본 수열은 내심 생각했다.

'뭔가를 하려면 형처럼 해야 돼.'

지호는 옛날부터 한 번 몰입하면 나머지 부분에는 너무나 부주의했다. 성격 좋고 외모가 뛰어나 학교생활이나 대인 관계에 크게 지장을 받지 않았을 뿐, 그를 잘 모르는 사람들은 손가락질할 정도로 유별난 구석이 있었다.

정신이 홀딱 팔려서 각본을 완성한 지호는 자신이 가지고 있는 배우들의 프로필을 모두 인쇄해 벽에 붙이고 빤히 바라보았다.

"유창한 영어 실력."

여기서 배우 명단 대부분이 탈락했다.

그럼에도 아직까지 할리우드 여배우 열 명과 한국 여배우 다섯 명이 남아 있었다.

지호가 이어 읊조렸다.

"어디서나 볼 수 있을 것 같은 평범한 외모. 불행한 환경을 꿋꿋이 이겨낼 정도로 긍정적인 에너지."

옆으로 움직이던 그의 눈동자가 멈췄다.

지호의 시선이 향하고 있는 곳에는 반가운 얼굴이 있었다.

'강지원.'

중학교부터 대학교까지 동창이다.

영화 〈부산〉에서 조연을 맡기도 했다.

연기 실력 자체는 나쁘지 않은데, 왠지 깊은 인상을 남겨주진 못했던 기억이 있다. 그 뒤로는 연극과 뮤지컬 같은 무대 연기를 주로하며 영화판에선 들리는 소식이 없었다.

'이번 캐릭터에 잘 맞아.'

어떤 배역을 선발할 때 적합한 배우를 보면 혹 끌리는 뭔가가 있다. 직감이라고 해도 좋고, 숙명이라고 해도 좋은 그런 것. 이번에는 지원이 그랬다.

지호는 망설이지 않고 그녀에게 전화를 걸었다.

뚜르르— 뚜르르.

신호음이 막 끊어지려 할 때 수화기 뒤에서 특유의 맑은 음성이 들려왔다.

—신지호?

두 사람이 연락하거나 만나지 않고 지낸지 불과 일 년 남짓이었지만 뜻밖이라는 말투다. 지호가 〈부산〉 뒤로 연락이 없자 자신을 찾지 않을 줄 알았던 것이다.

그녀는 조금 떨떠름한 목소리로 말을 이었다.

—영화 잘 보고 있어. 네 활약상도 들었고! 정말 멋진 일을 해냈더라.

그런데 어쩐 일이야? 이 한마디는 생략한다.

따라서 지호는 눈치껏 물었다.

"고마워. 뜬금없이 연락해서 놀랐지?"

—응. 조금! 서로 바쁘게 지내다 보니까 좀처럼 연락을 못하게 되네.

"하하, 그러게. 실은 네게 차기작 출연을 부탁하려고 연락했어."

그는 준비 동작도 없이 대뜸 용건을 꺼냈다.

한편 지원은 적잖이 당황한 듯 딸꾹질을 하며 물었다.

—딸꾹! 날 캐스팅하겠다고?

"응. 자세한 얘긴 만나서 하자."

—아! 그게 좋겠네. 어디서?

"내일 오후 7시 두림예술고등학교 정문. 오랜만에 추억도 되살릴 겸 모교 한번 가보는 거 어때?"

—좋아. 그럼 내일 봐.

전화를 끊은 지호는 곧바로 섭외 명단을 만들었다.

주인공 역할에는 지원을, 그녀와 라이벌인 천재 피아니스트로는 리나 프라다의 이름을 입력했다.

'두 사람 간에 연기 대결이 될까?'

어느 한쪽이 기가 눌리는 순간 영화 자체가 헝클어진다.

그런 생각을 하자 지원이 압도적인 연기력을 발휘하는 리나 프라다의 상대가 될 수 있을지 의문이었다. 국내에서 최고의 연기력으로 주목받은 여배우들도 적수가 되지 못할 것 같았다.

'오수정쯤 되면 모를까.'

지호는 주인공 엄마 역할에 오수정의 이름을 올렸다. 지원과 수정의 나이 차는 분장과 연기로 커버하면 된다.

"이대로만 되면 리딩 때부터 불꽃이 튈 거야."

중얼거리는 그의 입가에 진한 미소가 맺혔다.

앞으로 만들 영화의 밑그림을 그리는 것만큼 짜릿한 일은 없었다. 아직까지 호흡을 맞춰본 적 없는 배우들을 섭외하는 작업은 언제나 기대감과 흥분을 선사했다.

"주연 가상 캐스팅은 끝났고……."

비로소 구심점은 완성됐다. 이제 나머지 조연, 단역들 모두 할리우드 배우로 채울 생각이었다. 새로운 배우들과 또 다른 화음을 만들어 보고 싶은 것이다.

다음 날, 지호는 두림예술고등학교 정문과 인접한 농구 코트에서 슛 연습을 하며 지원을 기다렸다. 약속 시간보다 삼십 분 먼저 나와 마음 편히 놀고 있었다.

그리고 머지않아 지원이 도착했다.

"지호야!"

지호는 슛을 쏘려다 말고 그녀를 보며 씨익 웃었다.

"왔어?"

그는 공을 제자리에 두고 정문을 나섰다.

"밥 아직 안 먹었지?"

"응. 배고파."

"정문 앞 행복 분식 어때?"

"와! 진짜 고등학교 때 생각난다!"

두 사람은 추억을 되새길 겸 분식집으로 갔다.

그 자리에서 오래 장사를 해온 사장님이 그들을 반겼다.

"어서 와요!"

이어 묻는다.

"신지호 감독님 맞죠? 옛날에 우리 집에 종종 왔었잖아."

"하하… 맞아요, 사장님."

"내 잘생겨서 안 잊어먹지… 그리고 이쪽도 우리 단골이네?"

지원이 눈웃음 지으며 고개를 꾸벅 숙였다.

"안녕하세요, 아주머니."

분식집 사장님이 두 사람을 번갈아보며 물었다.

"오, 둘이 애인?"

"아, 아뇨!"

지원이 화들짝 놀라며 손사래 쳤다.

"친구예요, 친구. 지호는 워낙 유명해서 저랑 소문 퍼지면 곤란하다고요."

"에이, 내가 어디 소문 낼 곳이나 있나? 잘 어울리는데 뭘…

이참에 한번 만나봐!"

지호가 빙그레 웃으며 되물었다.

"그럴까요?"

지원의 얼굴이 새빨개졌다.

그 모습을 놓친 지호는 떡볶이, 순대를 주문하고 안으로 들어갔다. 정수기 물을 떠서 지원과 마주앉은 지호는 일상적인 이야기를 하듯이 운을 뗐다.

"내 섭외 제안. 좀 생각해 봤어?"

"신지호 감독 작품을 거절할 배우가 어디 있겠어?"

되물은 지원이 이어 질문했다.

"그래도 어떤 영화인지는 말해줘야지?"

"하하, 내가 마음이 급했다."

스스로 실수를 인정한 지호가 말을 이었다.

"계획대로라면, 이번 작품은 할리우드 표 영화가 될 거야. 넌 영어로 외국 배우들과 연기를 하게 되겠지. 솔직히 말하면 부담이 적은 역할은 아니야. 주연이니까 분량도 많고, 영어 발음이 교포 이상으로 좋아야 돼. 게다가 영어 연기로 리나 프라다와 맞대결을 펼쳐야 하지."

할리우드 작품이라는 것만 들었으면 심장이 철렁하고 말았을 것이다. 그런데 교포보다 영어를 잘해야 하고, 할리우드에서도 연기파로 소문난 여배우 리나 프라다와 연기를 하라니?

"…진심이야? 나한테 그런 배역을 맡긴다고?"

선뜻 이해가 가지 않았다.

왜 하필 신인배우인 자신에게?

혼란스러운 그녀의 얼굴을 빤히 보며 고개를 끄덕인 지호가 대답했다.

"왜 나냐고 묻진 마. 널 낙점한 건 직감에 의지한 거라 명확한 이유를 말할 수 없어. 지금 이 순간 내가 궁금한 건 네가 해볼 의지가 있느냐 하는 점이야."

그는 이어 대본을 올려두고 덧붙였다.

"일단 작품부터 봐야 할 테니까. 욕심이 난다면 내게 말해 줘."

"이게 끝이야?"

지원이 어리둥절하게 묻자 지호가 고개를 끄덕였다.

"응. 결정 먼저. 나머지는 나중에 얘기하자. 오늘 널 보자고 한 건 꼭 작품 때문만은 아니었어. 그동안 너무 소원했던 것 같아서."

그는 쑥스럽게 웃었다.

그때 사장님이 떡볶이와 순대를 가져다주었다.

한편 지원은 속이 뭉클했다.

'그래도 잊지 않고 찾을 걸 보니 내 생각을 하긴 했나보네.'

고맙다는 생각이 들었다.

그러나 지호는 그 이상 어떤 말도 하지 않고 이쑤시개를 건넸다.

"먹자. 내 제안은 한번 잘 생각해봐."

지호가 제작 겸 기획을 맡고, 리나 프라다가 연출한 〈우주〉는 전미 박스 오피스 1위 자리에 당당히 올랐다. 그것도 3주 연속 부동의 1위 자리를 지키고 있었다.

〈비밀〉로 이미 한국에서 전례 없는 기록을 세운 지호가 기획과 제작을 맡은 작품이 들어온다는 사실을 들은 영화 팬들은 열광했다.

연출 역시 할리우드 최고의 여배우 리나 프라다였다. 그녀와 지호의 친분이 알려지며, 리나 프라다는 한국인들에게 유난히 큰 사랑을 받아온 것이다.

한국에서의 반응이 뜨겁다 보니 배급사는 〈우주〉 감독 리나 프라다와 배우들의 내한을 결정했다. 그리고 12월 25일 성탄절 밤, 〈우주〉의 시사회가 시작됐다.

지호는 〈우주〉 시사회에 참석했다.

영화 상영 전, 리나 프라다와 배우들이 무대 위에 서서 사회자의 진행에 따라 관객들과 시간을 가졌다.

"여러분! 〈우주〉의 연출을 맡은 리나 프라다 감독님입니다!"

관객들이 뜨겁게 열광했다. 아니, 지나던 사람도 멈춰 서서 카메라를 들이밀고 환호했다.

곧이어 마이크를 넘겨받은 리나가 말했다.

"이번이 세 번째 내한이네요. 한국에 오면 늘 뜨거운 사랑을 받습니다. 다만 이번에는 배우가 아닌 감독으로 이곳에 왔습니다. 감독 데뷔작이자 좋은 배우들과 함께한 〈우주〉, 많은 사랑 부탁드려요! 그리고 이게 하트라죠?"

그녀는 검지, 엄지를 겹쳐 하트를 만들었다. 한국에서 유행하는 제스처를 따라한 것이다.

와아아!

작은 손동작 하나에도 커다란 환호성이 터졌다.

세계 어디에서든 리나 프라다는 사랑받는다.

아역 때부터 천부적인 재능으로 세계를 놀라게 한 그녀는 탄탄대로를 달려왔다. 지금까지도 그녀를 싫어하는 사람은 보기 드물었다.

지호 역시 지원과 함께 현장에 와 있었다. 지호는 선글라스를, 지원은 모자를 써서 얼굴을 가린 상태였다. 인파가 몰리는 곳이니만큼 평소보다 주의를 기울인 것이다.

그때 무대를 보던 지호가 물었다.

"소감이 어때?"

"카리스마가 엄청나다. 아마 연기할 땐 더하겠지? 그리고 정말 인형같이 예쁘다. 이 정도."

"함께 연기해 보고 싶다는 욕심은 안 나? 네가 배역을 맡아 줄지 결정하는 데 동기부여가 될 것 같아서 굳이 여기로 온 건데."

두 사람은 성탄절을 맞이해 시간을 맞췄고, 지호는 기왕 영화를 보려면 〈우주〉 시사회가 있는 극장에서 보자고 권했다. 물론 수중에 초대권 두 장이 있었기에 가능한 일이었다.

그 말을 듣고 살짝 웃은 지원이 대답했다.

"당연히 욕심이 나지. 나도 네가 제안한 기회를 놓치고 싶지 않아. 할리우드 주연 자리면 영혼이라도 팔 수 있는 배우들이 천지라고? 신지호 감독 영화라면 더더욱."

"그런데 아직까지 결정을 내리지 못하고 있는 이유는?"

"언어의 장벽이랄까. 요 며칠 원어민이 일대일로 가르쳐 주는 회화 학원에 등록해서 다니고 있는데 점점 막막해지는 느낌이야. 교포처럼 유창하게 대화를 나누는 것만 해도 많은 시간이 걸릴 것 같단 말이지. 그런데 자연스럽게 감정을 불어넣으면서 영어로 연기를 해야 한다니. 혹시 내가 영화에 폐를 끼치면 안 되는 거잖아."

그녀의 말도 일리가 있었다.

영화가 요하는 캐릭터를 연기하기 위해선 1년 간 영국에서 공부했던 지호보다도 능숙해야 한다.

'역시 처음부터 무리한 계획이었던 걸까?'

하지만 아직은 여유가 있었다. 시간이 허락하는 한 지호는 배우들의 열정에 기대를 걸어보고 싶었다.

"영어권 나라에서 살던 사람이 아닌 이상 영어로 연기를 하면 연기력의 절반도 발휘하기 힘들다고 들었어. 그래도 난 네가 해낼 수 있을 거라고 생각해."

"왜?"

"내 안목을 믿으니까. 너도 내 안목을 믿어줬으면 좋겠어."

그는 확신이 서려 있는 어조로 말했지만 백 퍼센트 확신하고 있진 않았다. 다만 배우에게 확신과 자신감을 주는 것만이 최선이라고 여겼을 뿐이다.

지원 역시 고개를 끄덕이며 마음을 다잡았다.

"고마워. 최선을 다할게."

〈우주〉 시사회는 관객으로서도 만족스러웠다. 리나 프라다가 영화 자체를 잘 만든 것이다. 유치할 수 있는 내용을 아름다운 영상미와 멋진 연기가 균형 있게 조율하고 있었다. 물론 완성도 높은 각본이 큰 비중을 차지한 건 두말할 것 없었다.

영화 관람을 마친 지호가 지원과 저녁을 먹고 있을 때였다. 시사회 일정을 끝내고 막 호텔로 돌아갔을 리나에게서 문자 한 통이 날아왔다.

—성탄절 밤인데 뭐해요?

연이어 두 통의 문자가 더 왔다.

—나라면 〈우주〉 시사회에 왔을 거예요.

—아, 물론 바쁜 일이 있었겠지만… 괜찮다면 오늘 축배를 드는 건 어때
요?

생각지도 못한 데이트 신청이었다.

맞은편에 앉아 있던 지원이 물었다.

"무슨 일 있어?"

"응? 아니, 잠시만."

지호는 리나에게 답장을 보냈다.

—시사회 잘 봤어요. 하지만 오늘은 선약이 있어서 축배는 다음으로 미
뤄야겠네요. 메리 크리스마스, 리나.

곧 그녀에게서 다시 답장이 돌아왔다.

—오늘 왔었다고요? 내게 아무 말 않다니 엉큼하네요! 그럼 다음을 기
약하며… 메리 크리스마스.

문자를 확인한 그는 지원에게 물었다.

"식사 다 하고 너 시간되면 와인 바에 가는 건 어때?"

성탄절에 지호와 와인 바를 간다니.

지원은 상상만으로도 즐거웠다.

"나야 당연히 좋지!"

"하하, 다행이다… 그런데 한 사람을 더 부를까 해."

"응? 누구?"

"여배우. 오수정 선배님 알지?"

"아……!"

왜 하필이면 오늘.

지원에게 오수정은 오래전부터 선망의 대상으로 여기던 존재였다. 그러나 오늘은 모처럼 지호와 즐거운 시간을 보내던 중이다. 아쉬운 마음이 들 수밖에 없는 것이다.

지호 역시 아쉽기는 마찬가지였지만 캐스팅을 차일피일 미룰 순 없었다.

서로 바쁜 사람들이니만큼 기회가 될 때 한 번이라도 얼굴을 더 익히고 이야기를 나눠봐야 한다.

"괜찮아?"

그가 묻자 지원은 밝게 웃으며 대답했다.

"응, 괜찮고말고! 나도 선배님 뵐 수 있으면 영광이지."

뒷말은 맥이 빠져 있는 것이, 실망한 티가 났다.

그럼에도 지호는 모른 척 냅킨으로 입가를 닦으며 말했다.

"그럼 같이 가자. 작품 얘기도 좀 하고… 길만 건너면 바로야."

*　　　*　　　*

오수정은 자가용을 몰고 청담동의 와인 바로 갔다.

단골로 찾는 곳이었다.

'아아, 오랜만에 인간미 넘치는 힐링 크리스마스를 보내겠네.'

연말이나 공휴일은 행사 때문에 더 바쁜 직업이 연예인이다. 그런데 오늘처럼 두 가지 특징이 다 겹친 날은 말할 것도 없었다.

아역으로 데뷔한 후부터 지금까지 크리스마스는 항상 정신없이 보냈다.

그런데 오늘은 지호, 지원과 함께 와인을 마시며 한가로운 여유를 즐길 수가 있는 것이다.

'뭐, 그래봐야 대화 주제는 일 얘기겠지만.'

오수정은 피식 웃으며 차에서 내렸다.

발렛을 맡기고 안으로 들어가자 지호와 지원이 보였다.

"둘이 잘 어울리네."

나지막이 중얼거린 그녀는 지원의 옆에 가서 앉으며 낯가림 없이 인사했다.

"신지호 감독님, 반가워요. 그리고 지원 씨 맞죠?"

"아, 네! 선배님."

지원이 바짝 긴장해서 답하는 반면 지호는 여유로웠다.

"이렇게 또 뵙네요. 제가 보내드린 시놉시스는 읽어보셨어요?"

"물론이에요. 그 배역은 제가 꼭 하고 싶어요. 그래서 감독님 귀한 시간까지 빼앗아가며 이곳에 모신 거고요."

"영어 발음은 문제없나요?"

"아역 때부터 이 바닥에 있었는데, 당연하죠. 원어민에게 개인 레슨받고 외국 나가서도 자주 썼어요. 작품에서 영어 쓸 때마다 다시 교정받았고."

지호는 고개를 끄덕이며 영어로 권했다.

"그럼 오디션으로 생각하고 한 시간만 영어로 대화를 해보죠. 전 영국식 발음이 익숙하긴 하지만… 대충은 판가름할 수 있을 거예요."

"오케이. 좋아요."

"전 아직 미숙하지만 한번 해볼게요!"

영어로 대화를 시작하자 수준 차이가 확연히 드러났다.

가장 실력이 좋은 건 오수정. 그다음이 지호, 지원이었다.

'오수정 선배님은 리나 프라다만큼 하네.'

지호는 내심 무척 놀랐다.

그사이 오수정이 물었다.

"감독님. 그나저나 감독님 같은 분이 오늘 같은 날 스케줄이 되신 건 의외네요. 웬만한 배우보다 섭외 요청이 많이 들어올 텐데⋯ 예능 프로그램이라도 나가서야 하는 거 아네요?"

"하하, 그게⋯⋯."

물론 현존하는 모든 예능 프로그램에서 요청이 들어왔다.

예능에 나가서 얼굴을 알릴 시간에 각본을 쓰는 쪽을 택했을 뿐.

"전 감독이지 연예인이 아니니까요."

"그건 그렇죠."

간단히 수긍한 오수정이 이번에는 지원에게 시선을 옮기며 물었다.

"지원 씨. 어려운 대사가 꽤 많은 것 같던데, 연습은 잘 되어 가요?"

딱 봐도 걱정이 됐다. 지원의 회화 솜씨는 영어 좀 하는 대학생 수준이었던 것이다.

아니나 다를까 지원도 어두운 표정으로 입을 열었다.

"네, 선배님. 발음에 신경을 쓰면 감정이 겉돌고, 감정을 잡으면 발음을 놓치게 되는 것 같아요."

"음. 그럼 감정과 대사를 분리해서 연습해 봐요. 양쪽 다 자다가도 저절로 나올 수 있을 때까지 연습을 하는 거죠. 그 다음에 감정과 대사를 융화시키는 거예요."

흥미로운 방법이었다.

여기에 지호가 한마디 더했다.

"나라마다 표현 방식에 차이가 있어요. 배경이 되는 나라의 영화를 희로애락 장면별로 정리해서 분석해 보면 도움이 될 거예요. 그 나라의 서적들을 구해다 읽는 것도 문화를 이해하는 데 도움이 되겠죠."

그 말을 들은 오수정이 생긋 웃으며 감탄했다.

"감독님, 배우 하셔도 되겠는데요?"

"머리로 아는 것과 직접 행동하는 건 차원이 다르죠."

겸손하게 대답한 지호가 와인 잔을 들며 말을 이었다.

"두 분 모두 함께 할리우드로 갈 수 있었으면 좋겠습니다."

"저희도요. 그렇죠, 지원 씨?"

"하하. 물론이죠. 선배님."

흡족한 얼굴로 고개를 끄덕인 오수정이 와인을 한 모금 삼키고 호의를 보였다.

"캐릭터 준비하면서 걸리는 부분이 있으면 뭐든 좋으니 상의해도 되요. 우린 한 배를 탔으니까 서로 도와야죠. 다음부터는 말도 편하게 하고."

그녀는 화려하고 매혹적이며 대단한 카리스마를 소유한 배우였다. 감정의 밀도는 다를 수 있지만 리나 프라다에 밀리지 않을 것 같았다.

두 여배우의 연기 대결을 볼 수 있다는 사실만으로도 지호는 가슴이 뛰었다.

'이제 지원이민 내열에 힙규하민 쾌.'

속으로 읊조린 그는 입을 열었다.

"오디션은 1월 마지막 주에 진행할 생각입니다. 배역이 확정되지 않은 상태에서 함께 미국으로 갈 순 없으니까요."

"만약 그동안 준비가 되지 않으면 어쩔 셈이죠? 감독님 성격에 대안책 정도는 마련해 뒀을 것 같은데요."

오수정의 질문을 받고 잠시 생각하던 지호가 답했다.

"1월 말에 보는 오디션 결과가 어떻게 나오든 2월 전에는 출국해서 작품에 들어갈 생각입니다. 대신 그땐 다른 작품을 만들게 되겠죠."

"칼 같네요. 차선책으로 준비해 둔 각본이 있나 봐요?"

그녀 말에 지호는 빙그레 웃을 뿐 이렇다 할 대답을 내놓지 않았다. 미리 써둔 시놉시스, 트리트먼트만 열다섯 작품 정도 된다.

이를 대본으로 만드는 데는 채 삼 일이 걸리지 않는다. 그러나 이 같은 사실을 일일이 열거하면 대화가 늘어질 게 빤했기에 입을 다문 것이다.

그들의 밤을 잊고 수다를 떨었다. 확실한 공감대가 있었기 때문에 웃고 떠드는 데에는 아무런 문제가 없었다. 오수정은 지원이 마음에 드는 듯 쿨하게 대했다. 지원은 쿨한 오수정

의 태도에도 예의를 잃지 않고 깍듯하게 굴었다. 그리고 지
호 역시, 두 여배우의 대화 주제에 물처럼 스며들어 잘 어울
렸다.

그로부터 며칠 후.

마침내 매년 열리는 청룡영화제가 시작됐다.

Chapter 7
연말의 영화제

매년 열리는 청룡영화제지만 올해는 분위기가 조금 달랐다. 업계는 물론 사회에 파문을 일으켰던 지호가 참석했기 때문이다.

지호는 수정, 지원과 함께 레드 카펫으로 들어섰다. 그러자 카메라를 들이댄 기자들이 술렁였다.

"당연히 최유나랑 참석할 줄 알았는데 어떻게 된 거죠?"

"오른쪽에 서 있는 여배우 누구였지? 누군데 신지호, 오수정이랑 같이 있는 거야?"

"왜 그, 부산에서 조연으로 나왔던……"

"오수정이랑도 작품 같이한 적 없잖아?"

피우로 두 여배우의 손을 가볍게 쥔 지호는 레드 카펫을 걸어 시상식장 안으로 들어갔다.

무대와 가장 가까운 앞자리에 앉아 있는 〈비밀〉 배우들이 보였다.

"감독님?"

양옆의 두 여배우를 본 유나가 표정을 구겼다.

다른 배우들도 경계의 시선을 보냈다.

그들 모두 '왜 우리와 함께하지 않아요?'라고 묻는 것 같았다.

지호는 같은 테이블에 앉으며 입을 열었다.

"이쪽은 차기작 주연배우로 내정된 배우들입니다. 합석해도 되겠죠?"

"아! 물론입니다."

용빈이 황급히 대답했다.

그러나 대부분 표정이 풀리지 않았다.

두 여배우가 앉자 배우들이 인사를 건넸다.

"뵙게 돼서 영광입니다, 선배님."

"안녕하세요, 선배님! 지원이도 오랜만이네. 감독님 작품에서 주연을 맡는다니 좀 놀랐어. 아무튼 정말 축하한다!"

선기, 용빈이 말했지만 유나만큼은 인사를 하지 않고 지호에게 시선을 고정시킨 채 혼잣말처럼 읊조렸다.

"신작을 하신다는 얘기도 못 들었는데… 조금 갑작스럽네요."

그 순간 오수정이 입을 열었다.

"난 안 보이니?"

짧막한 물음이었지만 삽시간에 분위기가 얼어붙었다.

장미에 가시가 있듯이, 수정의 성격은 영화판에서 유명했다.

당장에라도 무슨 일이 벌어지려던 찰나.

화장실을 다녀온 두 배우가 개입했다.

"오! 수정 씨. 소문은 많이 들었습니다. 강민규입니다."

"연극배우 협회를 이끌고 있는 이석기라고 합니다."

그들을 본 수정이 자리에서 냉큼 일어서며 공손하게 답례했다.

"안녕하세요, 선배님들. 후배 배우로서 두 분 선배님들의 노고에 늘 감사드립니다."

사람 대하는 품행이 남달리 능숙하다.

지호는 눈을 반짝이며 새로 등장한 두 사람에게 인사를 했다.

"안녕하세요, 선배님들."

"반갑습니다, 감독님."

"감독님 덕분에 너무 바빠졌습니다, 하하!"

강민규는 너스레를 떨었다.

그리고 이내, 미소를 머금은 지호가 말했다.

"오늘은 즐거운 영화인의 축제이니만큼 모두 한마음으로 즐 겼으면 합니다."

그는 서운한 감정을 내색하는 유나를 에둘러 저지했다.

감독이 섭외 생각이 없는 배우에게 신작 사실을 알리는 건 오히려 무례한 행동이었다. 따라서 유나가 서운한 기분을 티 내는 것 또한 이치에 맞지 않았다. 왜 자신을 차기작에 섭외하 지 않았냐고 떼쓰는 것밖에 안 되는 것이다.

'나도 모르게… 실수했어.'

유나는 입술을 지그시 깨물었다.

괜히 나섰다가 수정의 미움만 산 꼴이다.

잠시 소요가 발생한 사이 무대에선 영화제가 시작됐다. 오 프닝 이벤트로 유명한 가수들이 공연을 했다. 사회자가 등장 하고 시상자들이 차례로 나와 수상을 할 차례. 시상식을 진행 하던 남자 시상자와 여배우가 어색하게 입을 열었다.

"이건… 뭐라고 해야 할지. 지금까지 이런 경우가 있었나 요?"

남자 시상자가 묻자 파트너 여배우가 답했다.

"글쎄요. 여러분, 저희도 시상 순간까지 대본을 안 보거든요. 그런데 오늘 좀 당황스러운 상황이 벌어졌습니다. 그렇죠?"

"네. 그렇습니다. 기술상, 조명상, 음악상, 편집상, 미술상, 각본상이 모두 한 분 작품이네요. 여러분도 근래 가장 많이 들어보셨을 이름입니다."

고개를 끄덕인 여배우가 이어 말했다.

"후보작도 같은 감독님 작품이 포함되어 있기 때문에 바로 발표하기로 주최측과 협의가 됐습니다. 오늘은 평소보다 일찍 집에 들어가시겠네요. 발표해 주시죠."

남자 시상자는 마이크에 입을 바짝 가져다 대며 발표했다.

"먼저 각본상은 〈새벽〉, 편집상, 기술상에… 〈비밀〉의 신지호 감독님! 축하드립니다!"

무대 위 연주자들의 음악을 들으며 지호가 일어났다. 한 테이블에 앉은 배우들은 물론, 주변 테이블의 감독과 배우들 모두 큰 박수를 보내주었다.

그리고 사회자 여배우가 설명을 덧붙였다.

"신지호 감독님은 이미 해외에서 큰 명성을 떨친 경력이 있습니다. 뿐만 아니라 한국 영화계의 신성으로 불리우며 올해에만 두 작품을 만드셨습니다. 또한 첫 번째 작품에서 자신이 세운 흥행 신기록을 차기작에 갈아치우기도 했죠. 그동안 영화 협회의 반대로 수상 대상에서 제외되었다가 영화 〈비밀〉이 개봉된 후 블랙리스트에서 제외되었습니다."

〈비밀〉 전에도 수상 대상에서 제외됐었다니?

마지막 부분은 지호도 모르고 있던 내용이었다.

'〈새벽〉이 개봉할 당시부터 쭉 지켜본 건가?'

오싸한 기분이 엄습했다. 불현듯 〈비밀〉로 선수를 치지 않았다면 도리어 당했을지 모른다는 생각이 든 것이다.

'큰일 날 뻔했네. 그래도 다행이야.'

이같은 사실이 청룡영화제 공식 석상에서 밝혀졌다는 건 영화 협회가 〈비밀〉 사건으로 인해 영화계에서 찬밥 신세가 되었다는 것을 의미했다.

이런저런 생각을 하며 무대 위에 도착하자 사회자가 풍성한 꽃다발과 세 개나 되는 트로피를 안겨주었다.

"축하해요, 감독님!"

설상가상 시상하는 여배우는 남몰래 푹 파인 드레스의 옷매무새를 흩뜨리며 아찔한 추파를 던진다. 젊고 유능한 지호는 탄탄대로를 걷고 싶은 여배우들에게 최고의 먹잇감인 셈이다.

그러나 지호는 그녀를 외면하며 수상 소감을 밝혔다.

"제가 어렸을 때부터 생방송을 챙겨보며 동경했던 청룡영화제 무대에 설 수 있어서 감개무량합니다. 제가 이 자리에 설 수 있었던 건 현장에서 고생해 준 스태프들과 배우들 덕분입니다. 고마운 사람들이 너무 많기 때문에 이름을 일일이 열거하진 않겠습니다. 우린 서로 그가 누군지 알 수 있을 테니까요. 행복합니다. 감사합니다."

지호는 인사를 꾸벅 하고 내려갔다.

우레 같은 박수 소리가 울려 퍼졌다.

그러자 남자 사회자가 말했다.

"다음 미술상에는 〈비밀〉의 말라이카 팔빈! 팔빈 씨는 영국의 유명 모델이자 감독으로 신지호 감독님과는 NFTS 교환학생 시절 만난 걸로……."

음악상은 앤 로버츠, 조명상은 빌 안데르센이 수상했다.

각본을 제외한 모든 분야를 〈비밀〉이 휩쓸었다. 단, 각본은 각색했기 때문에 〈새벽〉에게 돌아갔다.

아카데미 시상식에 이어 청룡영화제 역시 지호의 독무대가 되어버린 것이다.

이 기막힌 상황을 지켜보던 수정이 테이블의 배우들을 둘러보며 물었다.

"주연상이랑 감독상만 받으면 올 킬이겠는데? 시사회장에 와있는 기라성 같은 감독들과 배우들을 전부 들러리로 만들어버렸어."

그녀는 지호에게 시선을 옮기며 덧붙였다.

"눈총이 따가울 거예요. 사촌이 땅을 사도 배 아파할 양반들이 많아서. 대부분이 탐욕스럽고 표독스럽죠."

고개를 끄덕이며 동의한 이석기가 거들었다.

"맞습니다. 영화계나 연예계나 정글 같죠."

그는 곧이어 나직이 읊조렸다.

"개인적으로 신 감독님이 블랙리스트에 오른 동안 국내 영화계를 휩쓴 유태일 감독과 경연하는 모습이 보고 싶습니다. 사자와 호랑이의 싸움은 언제나 화젯거리니까요."

지호는 유태일 감독을 알고 있었다.

'김현수와 동문. 지혜 누나와 기철이 형을 번번이 떨어뜨렸던 장본인. 중영대에서 길 안내를 해주었던 사람.'

이상하게 잊히지 않는 얼굴이었다.

그때 다른 배우들도 한마디씩 했다. 대체적으로 두 감독의 경연을 보고 싶다는 의견이다.

그들의 말에 지호가 2부에 들어선 무대를 가리켰다.

"다들 공연 좀 보세요."

다른 배우들은 지호의 말대로 무대를 바라보았지만, 수정과 지원은 딴청을 피웠다.

"영화제와 아이돌 공연은 물과 기름같이 안 어울린다고 생각하는데 왜 항상 들어 있는지……."

"그러니까요! 전부 배우들인데 뮤지컬을 해줬으면 좋겠어요."

"맞아. 희곡도 좋지. 갈매기나 세일즈맨의 죽음, 유리 동물원처럼 드레스와 턱시도를 입어도 괜찮은 장르로."

"아, 선배님! 입시 연기는 제발……."

수정과 지원이 깔깔 웃으며 노는 것과 다르게 혼자 무대만 바라보고 있는 유나는 상대적으로 외로워 보였다.

지호는 그런 그녀에게 말을 붙였다.

"제 예상에 이번 여우주연상은 누나 차지예요."

여자 아이돌의 공연에 넋을 놓고 무대를 보던 용빈도 거들었다.

"내 생각도 감독님과 같아! 〈비밀〉에선 최고였어."

남우주연상은 안 봐도 용빈과 선기의 경쟁일 게 빤했다. 그들은 〈비밀〉 상영 당시 대단한 극찬을 들었기 때문이다.

그리고 머지않아 새로운 시상자가 여우주연상을 발표했다. 모두의 예상대로 수상자는 유나였다. 그녀는 샘솟는 눈물을 훔치며 떨리는 목소리로 소감을 밝혔다.

"제가 여기 올라올 수 있었던 건 모두 하늘에 계신 엄마, 저를 믿고 든든하게 지켜주시는 아빠, 그리고 항상 제 손을 잡고 이끌어주신 신지호 감독님 덕분입니다. 〈비밀〉을 만들면서 모두들 심적인 부담이 컸습니다. 너무 고생도 많았고요. 그래도 관객 여러분이 외면하지 않아서 의미 있는 결과를 거뒀습니다. 영화를 봐주신 관객 여러분들께 감사합니다. 감사합니다. 감사합니다."

한마디, 한마디 진심이 여실히 느껴졌다.

그녀가 내려오자 이번에는 시상자가 남우주연상을 발표했다.

"최유나 씨. 다시 한 번 축하드립니다! 그럼 이제 남우주연상을 발표하겠습니다. 청룡영화제 남우주연상은……."

용빈과 선기의 어깨에 힘이 들어갔다.

비록 긴장한 두 사람 사이로 사회자의 카랑카랑한 목소리가 꽂혔다.

"남우주연상은 이도원! 이도원 씨!"

거대한 환호성과 박수가 쏟아졌다.

신지호 사단의 청룡영화제 장악이 실패한 것이다.

〈비밀〉 테이블에 앉은 배우들은 맥이 탁 풀렸지만 정작 지호는 크게 신경 쓰지 않았다. 애초에 상을 휩쓰는 일에 가치를 두지 않았기 때문이다.

더군다나 수상자 이도원은 이미 연기력으로 정평이 나 있었다. 대한민국 최고의 배우라는 말이 아깝지 않은, 수상할 자격은 차고 넘치는 배우였다.

"반드시 다음에는……!"

내심 기대하고 있던 용빈이 중얼거렸다.

선기 역시 독기가 바짝 오른 표정이다.

그들을 보며 지호는 배우들이 대체적으로 욕심이 많다고 느꼈다. 하긴, 욕심이 없으면 연기를 하거나 영화판에서 살아남기 힘들 터였다.

그 와중에도 시상자는 감독상과 최우수 작품을 발표했다. 모두의 예상대로 신지호 감독의 〈비밀〉이 이번 영화제의 주인공이었다.

모든 행사 일정이 마무리되자 배우들, 감독들은 하나같이 피곤한 표정으로 일어났다. 화려해 보이는 영화제의 이면에는 지친 얼굴이 있었다.

그때 정장을 입은 한 남자가 최고급 샴페인 한 병을 들고 다가왔다. 그는 지호에게 샴페인을 건네며 말했다.

"신지호 감독님. 전 백 엔터테인먼트 소속의 이진빈 실장이라고 합니다. 이건 이도원 대표님이 보내시는 축하 선물입니다. 조만간 감독님 영화에 참여하고 싶다는 말씀도 전해 달라 하셨습니다."

한편 지호는 뜻밖의 상황이 불편했다. 배우를 선택하는 건 배우도 감독도 아닌, 작품과 캐릭터라고 생각하는 그였기 때문이다.

따라서 지호는 정중하게 사양했다.

"나중에 적합한 작품이 나오면 그때 자리를 마련하겠습니다. 그리고 샴페인은 오해를 살 수 있으니… 마음만 감사히 받겠다고 전해주십시오."

Chapter 8
할리우드에서의 첫걸음

한국에서의 모든 절차를 끝낸 1월 말.

지호는 여배우들의 오디션 일정을 잡았다.

오디션은 어린이대공원역 인근의 한 연습실에서 조용히 진행됐다.

먼저 도착한 건 지원이었다.

그리고 이내 수정이 탄 밴이 연습실 앞 주차장으로 들어섰다. 차에서 내려 연습실 안으로 들어선 그녀는 선글라스를 벗으며 내부를 둘러봤다.

"이런 연습실은 오랜만이네. 아역 땐 학교 끝나고 가끔 왔었는데."

부익이 딸린 거실 소파에 앉아 있던 지원이 수정을 발견하고 꾸벅 인사했다.

"선배님, 오셨어요?"

"아직 오디션 시간까지 15분 남았는데… 일찍 왔네?"

"하하, 집에 있어봐야 불안하고 초조해서요. 저, 잘할 수 있겠죠?"

"물론이지, 열심히 연습했잖아? 긴장되는 건 나도 마찬가지야, 너무 초조해하지 않아도 돼."

수정은 그녀를 위로해 주었다. 적당한 긴장은 연기에 도움을 주지만 도가 넘으면 그때부턴 실수를 초래하기 때문이다.

그에 지원이 미미한 미소를 보였다.

"감사해요, 선배님. 그런데 정말 선배님같이 무수한 경험을 쌓으신 분도 긴장되나요?"

"배우에게 작품과의 첫 만남은 설렘과 부담의 연속이지. 그건 경험과 상관없어."

그때 사면이 모두 거울로 둘러싸인 내부로부터 지혜가 나타났다.

"반갑습니다. 이번 작품의 조연출을 맡은 이지혜라고 합니다. 지원이와는 선후배 관계인 데다 작품 때 만난 적 있는 구면이죠."

"안녕하세요, 선배님."

두 사람은 미소를 주고받았다. 자주 만나지 못해서 친하진 않았지만 성격상 서로에게 알게 모르게 친밀감을 느끼던 참이 었다.

그녀들을 보며 빙그레 웃은 수정이 물었다.

"이제 들어가면 되나요?"

지혜는 고개를 끄덕이고 비켜섰다.

"네, 두 분 함께 들어가시면 돼요. 오디션 내용은 안에서 들으시면 됩니다. 감독님께서 애타게 기다리고 계세요."

그 말에 따라 수정과 지원은 방 안으로 들어섰다.

정면에 지호가 앉아 있었다. 그는 활짝 웃으며 여배우들을 반겼다.

"환영합니다, 우린 친하니까 통성명은 생략하도록 하죠. 먼저 오디션 진행 방식을 설명해 드리겠습니다."

질문이 없자, 잠시 텀을 둔 지호가 말을 이었다.

"두 분이 함께 등장하는 장면 중 하나를 랜덤으로 채택하겠습니다. 몇몇 장면을 후보로 선정해 두긴 했는데……."

그는 끝을 흐리며 오른쪽에 놔둔 스토리 보드에서 오디션 장면을 고르는 척했다. 배우들을 심리적으로 몰아붙이기 위한 퍼포먼스다.

'무작위로 한 장면을 채택해서 준다고?'

수정은 흥미진진한 미소를 지었다. 그녀는 오디션의 난이도가 올라가면 올라갈수록 흥분되곤 했다. 누구나 통과하는 미션은 매력이 없었다.

한편 지호는 두 여배우가 대본을 달달 외웠을 거라는 가정하에 오디션을 진행했다. 영어로 연기를 해야 한다는 건 대본을 완벽하게 외지 못했을 경우 탈락이라는 소리나 다름없었다.

"이 장면이 좋겠군요."

그는 스토리 보드를 가슴께로 들어 보여주었다. 해당 장면은 과거의 영광에서 헤어 나오지 못하는 어머니 수정과 자식인 지원이 다투는 신이었다.

젊었을 때의 수정은 잘나가는 여배우였고, 현재 퇴물이 되었다는 사실을 받아들이려 하지 않는다. 지금의 그녀는 착각과 거짓으로 점철된 알코올 중독이다. 또한 자신의 딸인 지원이 대단한 천재일 거라고 믿는다.

반면 지원은 현실을 자각하고 있다. 어린 시절 낡은 악기 고물상에서 피아노를 배우며 천재 취급을 받았지만 작은 대회 예선조차 통과하지 못하는 자신의 모습을 보며 모든 게 착각이었음을 깨닫는다.

그런 지원이 수정에게 처음 쏘아붙이는 것이다.

"오늘이야말로 진실을 말하겠어요. 우리 모녀가 어떤 존재라는 걸요. 어머닌 우리가 어떤 사람들인지 모르세요. 그러니까 아셔야죠."

그녀의 눈빛이 순식간에 표독스럽게 변했다.

지호는 속으로 생각했다.

'표정이나 흐름은 좋은데 아직도 발음이 불안정해.'

그러나 지원은 위축되지 않고 연기를 이어나갔다.

"우린 이 집에서 단 십 분도 진실한 이야길 해본 적이 없어요."

"무슨 말을 하고 싶은 거니?"

수정의 목소리에서 쇳소리가 났다. 원래의 맑고 카랑카랑한 음성과는 완전히 대조됐다.

순간 지호는 소름이 돋았다.

'호흡까지 헐거워. 중년의 알코올 중독자가 되기 위해 얼마나 노력을 했을까?'

그사이 지원이 치고 들어갔다.

"제가 대회 예선을 마치고 바로 내려오지 못한 이유는 본선에 나가서가 아니었어요. 어머닌 믿고 싶은 대로 믿으셨지만, 제가 왜 석 달이나 주소가 없었는지 아세요? 옷 한 벌 훔친 죄로 교도소에 있었죠!"

지호가 쓴 대본의 디테일이 엿보이는 대목이었다. 그는 국내보다 강력한 미국의 형법을 적용시켰다.

수정이 떨리는 동공으로 지원을 보며 되물었다.

"그것도 내 잘못이니?"

"어머닌 모르시겠지만 전 허풍을 떠는 바람에 웨이트리스 자리에서도 쫓겨났어요. 동료들은 저를 경멸했죠."

"그래, 그건 누구 잘못이니?"

"제가 허풍을 떠는 것도 어머니가 공연히 잘났다고 비행기를 태웠기 때문이에요. 화려한 무대에서 피아노를 치는 대신 주문이나 받고 있는 제 자신이 시시했거든요."

"듣자듣자 하니까……"

말을 끊고 지원이 쏘아붙였다.

"이젠 아실 때도 됐어요. 어머니 말씀대로라면 전 위대한 피아니스트가 됐어야 하지 않아요? 근데 지금은 옹졸한 허풍쟁이에 도둑년일 뿐이죠."

"그럼 목이라도 매렴! 목이나 매!"

두 배우의 갈등이 절정에 달하자 뾰족한 음성과 쉿소리가 얽혀들며 몰입도가 급상승했다.

'굉장한 에너지야! 고조됐던 갈등이 이제 내리막으로 간다.'

전율한 지호가 지휘자처럼 두 배우를 바라봤다.

그에 지원이 어설픈 발음이나마 자연스럽게 긴 대사를 시작했다.

"어느 미친년이 목을 매요? 제가 정말로 원하는 건 화려한 무대도, 식당 웨이트리스 자리도 아니었어요. 전 그저 반주자로라도 음악을 하고 싶었을 뿐이라고요. 어머니가 들러리라며 무시하고 반대한 그 자리에 앉아서 말이에요."

지원은 수정이 자기를 직면하도록 하려 하지만, 수정은 뿌리치고 뒷걸음질 쳤다. 수정은 증오에 찬 목소리로 외쳤다.

"아니, 넌 연주가가 되어야 해! 네 인생의 문이 활짝 열려 있다니까!"

지원이 자포자기한 듯이 웃었다.

"어머니, 전 허풍이나 떠는 싸구려예요. 어머니도 그렇구요."

그럼에도 수정은 인정하지 않고 광기에 차서 눈을 번들거리며 읊조렸다.

"난 그런 싸구려는 아니다. 난 로즈 엘리자베스야."

뜨겁게 치솟았던 실내의 열기가 차분히 식었다.

여배우들의 연기를 모두 본 지호는 감격했다. 두 사람 다 예상했던 것보다 훨씬 멋지게 캐릭터를 소화한 것이다. 그러나 맘 놓고 좋아할 순 없었다.

'발음이 어색하면 몰입이 깨질 수밖에 없어.'

지금은 코앞에서 연기를 접한 데다 관객인 지호가 감안하고 있기 때문에 어떻게든 몰입할 수가 있지만, 스크린을 통해 바라보는 관객들은 배우의 발음이 뭉개지면 집중이 흐트러질 수밖에 없는 법이다.

"아주 좋은 연기를 봤습니다. 수정 선배님은 바로 촬영에 들어가셔도 손색이 없겠는데요? 그런데……"

그가 덧붙였다.

"지원이는 아직 발음이 좀 어색하네."

그 말에 지원은 가슴이 철렁 내려앉는 기분이었다.

하지만 평계를 더하지는 않았다. 중요한 건 결과이지, 과정이 아니었기 때문이다.

그녀는 애타게 결과를 기다렸다.

그리고 마침내, 고민하던 지호가 입을 열었다.

"내용은 그대로 살리되 대사를 고쳐보죠. 어떤 배우도 이런 연기를 보여주진 못할 거예요. 지원이는 남고, 선배님은 들어가 보셔도 될 것 같습니다."

"감사해요, 감독님!"

빙그레 웃은 수정이 지원의 어깨를 두드리며 속삭였다.

"축하해, 노력한 보람이 있네."

그녀가 퇴장하자 지호가 말했다.

"지금부터 할 일은 발음이 어색한 부분을 모두 찾아내는 거야. 모두 찾아낸 뒤 고칠 수 있는 부분은 고치고 나머지는 동의어로 바꾸거나 삭제할 생각이야."

맞은편 의자에 앉은 지원이 조심스레 물었다.

"나 때문에 대본 자체가 이상해지는 건 아닐까?"

"글쎄. 나도 즉흥적으로 낸 아이디어라 확신은 없지만, 우리가 힘을 합치면 가능할 거라고 생각해. 일단 최대한 발음을 고쳐보는 게 먼저야."

지호의 말에 그녀는 왈칵 눈물을 쏟을 뻔했다.

"…고마워."

*　　　*　　　*

지호는 출국할 때까지 익명으로 연습실을 대관해 두고 매일 출근하다시피 했다. 연습실 대관 자체가 전화 예약제로 진행되기에 가능한 일이었다. 지원 역시 매일 연습실에 나가 지호에게 발음 교정을 받았다.

그 결과 1월 말에는 지원의 발음이 대부분 교정됐다. 그녀가 밤을 새워가며 연습한 결과였다. 허스키하게 쉬어버린 목소리는 오히려 반항적인 이미지와 어울렸다.

만만찮은 주연 섭외를 마친 지호는 지혜, 수정, 지원, 수열과 한 비행기를 탔다. 비행기가 처음인 수열은 공항에서부터 여기저기 두리번거리느라 정신이 없었다.

11시간이 걸려 로스앤젤레스에 도착한 일행은 호텔에 짐을 풀고 휴식을 취했다. 지혜와 여배우들은 방에 틀어박혀 누운 채 대본을 들춰봤고 수열은 쿨쿨 잠을 잤다.

호텔 밖으로 나선 것은 지호 한 사람뿐이었다.

그는 리나 프라다와 저녁 약속을 잡고 해지기 전까지 캘리포니아 주의 배급사와 제작사를 돌기로 마음먹었다. 품에는 두툼한 대본이 들려 있었다.

'일단 시작은 좋은데…….'

첫끗발은 개끗발이라고 누가 그랬던가?

지호의 방문을 받은 메이저 배급사들은 두 손 들고 환영했지만, 섭외된 주연배우를 확인하고는 고개를 내저었다.

"죄송합니다. 조연도 아니고 주연을 한국 배우로 쓰면 투자가 어렵습니다. 그것도 여배우 원톱의 영화라면… 이건 신 감독님이 아니라, 이미 걸출한 배우들을 발굴한 거장들이라도 마찬가지일 겁니다."

한국 시장 개척에 적극적인 워너브라더스가 거절하자 파라마운트 역시도 입장차를 보이지 않았다.

"저희도 이건 힘듭니다. 감독님도 남미 출신 배우 원탑의 한국 영화가 있다면 선입견을 갖지 않겠습니까? 게다가 리나 프라다를 조연으로 섭외하신다니요? 아무리 주연급 조연이라고 해도 자국 톱스타가 한국인 신인 여배우에게 밀려 조연으로 나오는 겁니다. 관객들은 영화를 보기도 전에 실망할 거예요."

지호의 명성이 전혀 먹히지 않을 정도로 반발이 심했다.

'예상은 했지만……'

대놓고 거절을 당한 그는 엘리베이터에 따라 타서 1층에 도착할 때까지 시나리오를 1분 내로 설명했다. 땀을 삘삘 흘리며 설득했지만 돌아오는 대답은 별반 다르지 않았다.

막강한 권한을 가진 배급사 관계자는 지호의 어깨를 두드리며 조언할 뿐이었다.

"감독님의 명성도, 영화의 내용도 모두 신뢰합니다. 여배우만 교체한다면 모든 게 완벽해질 겁니다. 만약 배우를 교체할 결심이 서거든 다시 이야기 나누시죠."

할리우드는 냉정했다. 한국처럼 지호를 무조건적으로 떠받드는 곳은 존재하지 않았다. 할리우드 배급사는 세계적으로 명망 높은 여러 거장들을 상대해 왔다. 그들에게 지호는 능력 있고 전도유망한 동양인 감독일 뿐, 흥행 보증수표도, 유일무이한 거장도 아니었던 것이다.

화려한 수상 경력과 퍼포먼스, 동양인 최초라는 타이틀로 눈에 확 띄었지만 그게 전부였다.

'길은 반드시 있다.'

지호는 두 눈을 반짝였다.

그는 오랜만에 느끼는 흥분과 기대감이 반가웠다.

하루 종일 배급사를 돌아다니고도 공친 지호는 저녁 약속에 나갔다. 할리우드의 저명인사들이 많이 찾는 고급 레스토랑이었다. 그는 비록 목적한 바를 이루진 못했지만 마음이 무겁지 않았다. 돌기로 예정되어 있던 곳을 모두 돌아보았기 때문이다.

이런저런 생각을 하고 있을 무렵, 리나 프라다가 도착했다.

"미국에서 다시 만나니까 기분이 묘하네요."

"저도 마찬가지입니다. 마침 할리우드의 벽을 절감하고 오는 길이라 더 그런 것 같네요."

"할리우드의 벽이요?"

그녀가 눈을 동그랗게 뜨고 묻자 미소 띤 지호가 답했다.

"투자 배급사들한테 이번 작품을 줄줄이 퇴짜 맞고 왔거든요."

"예? 그들도 감독님의 실력을 잘 알 텐데."

"한국 여배우를 주연으로 기용할 생각입니다. 그 상대역을 리나가 해줬으면 좋겠어요. 시놉시스와 대본은 보내놨습니다."

지호는 단도직입적이었다.

그 덕분에 리나도 돌아가는 상황을 바로 유추할 수 있었다. 그녀는 고개를 주억거리며 말했다.

"어쩐지! 한국 여배우 원톱 주연이면 투자받기 힘들죠. 투자는커녕 배급도 안 해주려 할 거예요. 저야 신 감독님 작품이니까, 시나리오만 좋으면 출연 결정을 내리겠지만… 제가 출연한다 해도 배급사들의 마음을 돌릴 순 없을 거예요."

리나는 현실적인 의견을 내비쳤다. 그래서 비관적이었다.

지호는 그녀의 말을 수렴하면서도 희망의 끈을 놓지 않았다.

"혹시 백 엔터테인먼트라고 들어봤어요? 프로덕션도 있는데."

"소문은 들었죠. 배우 이도원이 설립한 회사. 국적에 관계없이 재능 있는 브로드웨이의 연극배우, 할리우드의 신인배우, 아역 배우들을 영입해 규모를 키우고 있는 신흥 매니지먼트. 할리우드에서 영화 투자 사업도 꾸준히 한다고 들었어요."

"잘 알고 계시네요. 팔은 안으로 굽는다는 속담이 있죠. 전 백 엔터테인먼트에 투자 요청을 해볼 생각입니다."

"흠. 투자는 그렇다 치고, 배급은요?"

문제는 배급이었다.

할리우드에도 터줏대감 격인 배급사들이 있었다. 그리고 그들이 가진 장악력은 하루아침에 만들어진 것이 아니다.

'메이저 배급사를 잡지 못하면 흥행에 불리해질 거야.'

그런 생각을 한 지호가 대답했다.

"흥행 성적이 아닌 작품 자체를 보고 뛰어들도록 해야겠죠."

"이상적이네요."

맥이 빠진 리나가 씁쓸하게 말을 이었다.

"하지만 상업 영화 시장은 철저한 자본 논리에 의해 돌아가요. 돈 안 되는 영화는 무가치한 취급을 받죠."

"결과로 증명할 겁니다. 일단 저를 보고 도움을 줄 수 있을 만한 사람들을 찾아볼 생각입니다."

지호의 말에 리나는 이해가 안 간다는 표정을 지었다.

"구태여 한국 여배우를 쓰려는 이유가 뭐죠? 애국심인가 요?"

"애국심도 훌륭한 이유가 될 수 있다고 생각하지만, 이번만 큼은 아니에요. 저는 작품과 캐릭터를 보고 결정을 내렸습니다. 영화 내에서 주인공의 국적에 대한 언급은 없어요. 동양인 일 뿐이죠."

영화는 소외된 사람들의 입장을 내포하고 있다. 그들은 다수일 수도, 소수일 수도 있다. 서양인과 다른 외모의 동양인, 착각에 빠져 과거의 영광에 집착하는 어머니와 현실에 절망하고 스스로를 비하하는 못난 딸. 다름 아닌 우리의 모습이지만 미처 서로를 보지 못하는 사각지대에서 살아가는 이들의 이야기였다.

"작품과 캐릭터를 보고, 필요에 의해 한국 배우를 섭외했다. 그렇게 말씀하시니까 영화 내용이 점점 궁금해지는데요?"

잠시 후 코스 요리가 나오자 리나가 잠깐 화제를 틀었다.

"60년째 한자리에서 손님들을 끌어 모으고 있는 곳이죠. 고급 재료를 써서 처음에는 적자가 났다는데, 점차 소문이 퍼지고 유명인들이 찾는 곳이 됐어요. 음식 맛이 마음에 들 거예요."

"고집과 신념의 승리군요."

나지막이 읊조린 지호는 다시 한 번 다짐했다.

'조율은 있어도 타협은 없다.'

대부분의 영화를 만드는 과정에서 여러 문제들이 생긴다. 그 시점에서 포기하고 타협하는 순간 영화의 완성도를 해치게 되는 것이다.

그사이 지호의 얼굴을 빤히 보던 리나가 입을 열었다.

"〈새벽〉 배우들이 말하길, 감독님과의 작업은 두근대는 뭔가가 있다고 했어요. 어쩌면 감독님의 무모함 때문일지도 모르죠."

"그 말씀도 일리가 있네요."

그 덤덤한 대답을 들은 리나가 말을 이었다.

"이렇게 하죠. 식사를 마치고 집에 돌아가 시나리오를 읽어본 뒤, 마음에 들면 전화할게요."

"좋습니다. 그럼 전 그동안 리나의 에이전트와 연락해서 오디션 일정을 잡아두죠."

"제가 이번 작품을 오케이할 거라고 확신하시네요?"

"그 정도 자신감이 없었더라면 동양인이 주연인 영화를 할리우드에 들고 오지도 않았겠죠."

지호는 자연스럽게 자신감을 내비쳤다. 그러나 조금도 건방져 보이지 않았다.

반면 리나는 흥미로운 표정을 드러내며 눈을 반짝였다.

"그럼 기대하고 있을게요. 감독님이 할리우드의 편견을 완전히 깨부술 수 있을지 저 역시도 궁금하네요. 개인적으로 영화의 다양성 확보에 찬성하는 입장이거든요."

*   *   *

다음 날.

지호는 미리 약속을 잡고 백 엔터테인먼트를 찾아갔다. 마침 미국 지사에 이도원이 머무르는 상황이었다.

지호는 비서의 안내를 받아 도원의 사무실로 들어섰다.

"시간 내주셔서 감사합니다. 영화감독 신지호입니다."

"감독님을 모르면 한국 사람이 아니죠. 반갑습니다. 이도원입니다."

두 사람은 악수를 나눴다.

그를 빤히 뜯어보던 도원이 자리를 권하며 말했다.

"앉으시죠. 지금이라도 이렇게 만나 뵙게 돼서 영광입니다."

"청룡영화제 땐 감사했습니다."

"아, 샴페인을 돌려보내셨더군요. 사심은 없었습니다. 김봉민 의원과는 악연이 있어서 좀 아는데 위험한 사람이죠. 해서 감독님의 용감한 행보에 대한 존경의 뜻을 전한 것뿐입니다."

"조금 부담이 됐을 뿐 오해하진 않았습니다. 마음은 잘 받았고요. 실은 오늘 이렇게 찾아올 수 있었던 것도 대표님이 먼저 호의를 보여주신 덕분입니다."

"제가 도울 일이 있을까요?"

도원은 귀신같이 눈치가 빨랐다.

척하면 척 알아들으니 대화도 군더더기 없이 진행됐다.

"네. 이번 차기작에 투자해 주셨으면 합니다."

"시나리오는요?"

"여기 있습니다."

지호는 가방에서 두툼한 종이 뭉치를 건넸다.

대본을 받은 도원은 탁자에 바짝 붙으며 자리에서 읽기 시작했다. 한 장, 한 장… 넘기는 속도가 점점 빨라졌다. 삼십 분 정도 천천히 섬세하게 훑어본 그가 마침내 입을 열었다.

"좋군요."

소파에 등을 편히 기댄 도원이 덧붙였다.

"유태일 감독님의 작품에도 뒤처지지 않습니다."

그는 의도적으로 유태일을 들먹인 뒤 표정을 살폈다. 유태일과 신기효 감독은 한국 영화 팬들에게 공공연한 경쟁자로 비교되고 있는 것이다.

그러나 지호는 조금도 신경 쓰지 않았다. 감독에게 순위를 매기는 것이 얼마나 무의미한 일인지 알고 있었기 때문이다. 어차피 영화는 개인의 예술이 아닐뿐더러 취향에 따라 평이 확연히 갈리는 주관적인 예술이었다.

"칭찬으로 듣겠습니다."

짧게 일축한 그가 이어 물었다.

"영화 투자에 대해 긍정적으로 검토해 주신다는 뜻으로 받아들여도 될까요?"

"물론입니다."

도원은 빙그레 웃었다. 쓸데없는 승부욕에 좌지우지 되지 않는 지호가 마음에 든 것이다.

그는 이내 말을 이었다.

"시나리오를 읽어보니 배급에 어려움을 겪을 것 같더군요. 한국 영화 시장이 커지고, 배우들과 감독들도 하나 둘 할리우드에 진출하고 있다지만 할리우드 내에 인지도가 없는 여배우에게까지 개방적인 건 아닙니다."

"섭외 대상을 어떻게……?"

지호가 물으려 하자 도원이 노트북을 통해 한국 포털 사이트를 보여주었다.

벌써 지호가 오수정과 지원을 데리고 출국했다는 기사가 도배되어 있었다.

"이런."

지호가 신음처럼 뱉었다.

기사가 나갔다고 반드시 영화가 만들어져야 하는 건 아니지만, 확정된 게 아무것도 없는 상태에서 기사가 터진 건 부담이 됐다.

그 심중을 예측한 도원이 먼저 말했다.

"다행히 배급사들의 부정적인 태도에 제가 어느 정도 영향을 끼칠 수 있을 것 같습니다. 호의적으로 바꿀 수야 없겠지만 재차 고려해 보게끔 만드는 거죠."

그는 할리우드에서도 제법 성공한 배우였다. 게다가 지금은 영화 산업 자체에 뛰어든 CEO이기도 했다. 할리우드를 쥐락펴락하는 입지는 아니더라도, 큰 우군이 되어줄 수 있는 셈이었다.

잠시 텀을 둔 지호가 신중하게 말했다.

"실례가 안 된다면 제게 이런 호의를 베풀어 주시는 까닭을 묻고 싶습니다."

그에 도원이 거침없이 대답했다.

"그야 감독님이 할리우드에서도 통하는 각본을 쓰시기 때문입니다. 이미 아카데미 시상식에서 미스터 블루란 필명으로 승냥하셨죠. 이번 영화의 홍행을 떠나 투자 가치는 충분하다고 봅니다. 그걸 알고 있으면서도 메이저 배급사들이 손잡길 꺼려한 이유는, 쉽게 말해 배가 불러서죠. 저는 아직 배고픈 사자입니다."

그는 씨익 웃었다.

동시에 지호는 묘한 공감을 했다.

'이 사람도 더 큰 도전을 꿈꾸고 있어.'

이역만리에서 만난 인연이 큰 도움이 되어주고 있는 것이다.

그때 도원이 입술을 만지작거리며 한 가지 요청을 했다.

"배우로서 언젠가 감독님과 같이 작품을 해보고 싶군요."

애매한 상황에서 나온 말이었다.

따라서 지호는 별 뜻 없이 받아들일 수가 없었다.

'조건을 거는 건가?'

강요는 아니었지만 그는 구두상 약속을 바라고 있었다.

검게 빛나는 도원의 깊은 동공을 들여다 보던 그가 천천히 입을 열었다.

"차기작 오디션 때 연락드리겠습니다."

말을 하면서도 지호는 내심 생각했다.

'계산적인 사람이군.'

그게 이도원의 첫인상이었다.

*   *   *

캘리포니아 주 파라마운트 본사로 귀빈 다섯 명이 찾아왔
다.

할리우드에서 영향력을 키우고 있는 백 엔터테인먼트 대
표 이도원, 메이저 영화사인 네러티브 제작사의 제임스 페터
젠, 파라마운트에 좋은 원작을 제공한 런던 퍼블리싱의 편
집자 닐 데니와 작가 필립 코코. 그리고 그들을 부른 지호였
다.

모퉁이 너머에서 귀빈들을 훔쳐보던 제리 스타글라츠가 부
하 직원에게 물었다.

"거절했더니 떼로 몰려온 거야?"

"듣자 하니 신 감독이 부른 건 아닌 것 같습니다. 다들 도
와주겠다며 제 발로 찾아왔다고……."

"뭐, 신 감독과 작품으로 엮인 덕분에 다들 업계에서 입김
좀 풍기게 됐으니까. 근데 이 대표는 왜 왔지? 같은 한국인이
라고 오지랖 부리는 건가?"

부하 직원이 고개를 흔들며 대답했다.

"아뇨. 전부 이번 신지호 감독 영화에 투자할 투자자 자격

으로 왔답니다. 돌려보낼까요?"

"아니야. 우리랑 다 관련이 있는 사람들이니 그럴 순 없지."

곰곰이 생각하던 제리 스타글라츠가 이내 다시 입을 열었다.

"내 결정권을 벗어난 일이 됐어. 손님들을 사장실로 올려보내게."

그는 손님들에게 다가가는 부하 직원의 뒷모습을 보며 식은 땀을 흘렸다. 지호가 파라마운트와 협업을 맺고 있는 사람들을 투자자로 끌어들일 줄은 미처 예상하지 못했던 것이다.

지호는 파라마운트 배급사와 인연이 있는 사람들을 대동한 채 사장실로 불려갔다.

그곳에는 지호를 담당하고 있는 제리 스타글라츠가 기다리고 있었다. 그는 의자에 앉아 말했다.

"모두 안면이 있는 분들이군요. 이쪽에 앉으시죠."

자리를 권하자 다들 착석했다.

그때 이도원이 회의실을 둘러보며 물었다.

"스타글라츠 씨. 사장님은 어디 계시죠?"

"곧 오실 겁니다. 그전에 미리 언질을 좀 주시죠. 친목 도모를 위해 모이신 건 아닐 테고… 신지호 감독님 투자 건 때문에 오신 건가요?"

"맞습니다. 저도 오늘에서야 알게 됐지만, 우리 모두 신지호 감독님 차기작의 투자자들이니까요. 훌륭한 배급사에서 맡아 줘야 안심이 된다고나 할까."

도원이 능글맞게 웃었다.

그에 고개를 절레절레 저은 제리 스타글라츠가 지호를 보며 입을 열었다.

"감독님은 여전히 저희 조건에 응하실 생각이 없으신 건가요?"

그는 지호에게 배우 교체를 요구했었다.

그러나 지호는 입장을 관철했다.

"그렇습니다, 하지만 억지를 부리러 온 건 아니에요."

마치 시위를 하듯이 여러 사람과 우르르 몰려오게 됐지만, 막무가내로 일을 진행할 생각은 없었다.

그는 좀처럼 믿음이 안 가는 표정으로 일행을 훑어보고 있는 제리 스타글라츠를 향해 덧붙였다.

"이만한 투자자들이 확보되었으니 영화 배급만 맡아달란 것뿐입니다. 투자도 바라지 않습니다."

위험성이 큰 작품을 하나쯤 배급한다고 해서 큰 손해를 볼 가능성은 적었다. 그럼에도 파라마운트가 극구 거절을 하는 이유는 따로 있었다.

"지금 와서 말씀드리지만 이건 자존심 문제입니다. 배급사는 손해 가능성을 점치고 배우 교체를 요구했는데 감독이 강행을 해요. 과연 어느 배급사가 배급하려 할까요?"

거기까지 대화를 나눴을 때였다.

사장실 문이 열리며 30대 후반에서 40대 초반으로 보이는 젊은 남자가 들어섰다. 대부분 간부들이 머리가 하얗게 샌 노인이란 점을 감안하면 굉장히 이례적인 경우였다. 그는 매력적인 웃음을 보이며 손님들의 면면을 확인했다.

"최고의 감독, 배우, 제작자, 편집자, 작가까지. 이런 분들을 제 사무실로 모시다니… 오늘은 횡재했군요."

남자는 검지를 쭉 펴 보이며 말을 이었다.

"잠시 상황 파악부터 하죠. 여기 제리가 말해줄 겁니다."

그에 제리 스타글라츠가 답했다.

"이분들은 이번에 우리가 반려한 신지호 감독님 작품의 투자자들입니다."

"알겠습니다. 여러분이 누군지는 잘 알고 있으니 제 소개부터 하죠. 여기 초면인 분도 계시니까요."

남자가 말을 이었다.

"전 파라마운트의 사장 로버트 윌리엄입니다. 영국인이죠. 그러고 보니 이 자리에 미국인은 제리뿐이군요."

도원과 지호는 한국인, 나머지는 영국인이었다.

밑밥을 던진 로버트 윌리엄이 혀에 기름을 두른 것처럼 유려한 말솜씨를 선보였다.

"즉, 우리가 한국인 여배우를 원치 않는 건 편견이나 차별이 아닌 실리에 의한 합리적 선택이란 뜻입니다. 이렇게 이익이란 기준을 세우면 판단력이 흐려지지 않아요. 규정이나 질서와 같죠. 그래야만 후회가 없기 때문에 우리는 어떠한 경우에도 이 전통을 따릅니다."

이런 반응을 어느 정도 예상하고 있던 제임스 페터젠이 손을 들며 말했다.

"저희 역시 규칙을 정하고 일을 합니다. 그러니 억지를 부릴 생각은 없습니다. 다만 예외를 둘지 말지, 작품을 보고 판단해 주십사 하는 것뿐입니다. 구두상으로라도 약속이 있어야 스태프들과 배우들을 섭외하고, 영화를 만들 것 아닙니까?"

많은 예산과 인력을 투자해 영화를 만든다 해도 한 번 반려된 작품은 배급사 측에서 보지도 않고 커트시킬 가능성이 큰 것이다. 따라서 영화를 만들기에 앞서 그 정도의 약속은 필요했다. 그래야 인력과 예산을 동원할 명분이 생기는 것이다.

필립 코코 작가와 닐 데니도 거들었다.

"신지호 감독님의 각본은 최고입니다. 작가인 제가 보증하죠. 그리고 스토리만 좋아도 반은 먹고 들어갑니다. 신 감독님이 〈투데이〉를 만들어 성공을 거둔 뒤로 신간만 나갔다 하면 영화사에서 연락이 옵니다. 이것만 봐도 스토리가 얼마나 중요한지 알 수 있죠."

"맞습니다. 저희 런던퍼블리싱에서 투자 검토를 했을 당시 읽은 사람 모두가 감탄했습니다. 배우와 스태프, 배급사 등 아무것도 확정되지 않은 상태에서 계약을 할 수 있었던 건 영화의 흥망을 떠나 '소설로 각색해 런던퍼블리싱과 계약을 맺겠다.'는 약속을 받았기 때문이었습니다."

피식 웃은 이도원이 덧붙였다.

"실은 저도 비슷한 이유로 투자를 결정했어요. 이번에 인연을 맺어두면 언젠가 신지호 감독님과 작업할 기회를 얻기에 유리하지 않겠습니까? 각본과 연출력은 진즉 검증됐고 얼마 전 〈우주〉로 제작자로도 훌륭한 기량을 발휘하셨죠. 왜 할리우드에서 황금알을 낳는 거위를 랍스타로 만들려고 하는지 모르겠습니다."

여기저기서 웃음이 터져 나왔다.

함께 웃은 로버트 윌리엄이 대답했다.

"전 신뢰란 단번에 쌓이는 게 아니라고 생각합니다. 여러분이 신지호 감독님에게 보여주는 무조건적인 신뢰가 제 마음을 흔드는군요."

마침내, 그가 고개를 끄덕이며 덧붙였다.

"제가 직접 검토해 보겠다는 약속은 드리겠습니다. 영화로 저를 설득시켜 주십시오."

＊   ＊   ＊

파라마운트 본사를 나선 지호는 자신을 도와준 투자자들
과 저녁 만찬을 가졌다. 아무리 영화에 투자를 했다지만, 영
국에서 미국까지 날아와 준다는 건 쉬운 일이 아니었다.

식사를 마친 지호는 호텔로 돌아와 휴식을 취했다. 느긋하
게 예산안을 짜던 지호는 자신이 눈치채지도 못하는 사이 곯
아떨어지고 말았다. 평소라면 벌떡 일어났겠지만, 한국을 떠
난 후로 잠시도 쉬지 못한 탓에 일어나질 못하고 열두 시간을
내리 잠만 잤다.

그사이 지혜는 NFTS 팀원들에게 연락을 했다. 그러나 시기
가 안 좋았다.

─언니. 아무래도 학기 중에는 힘들 것 같아요.

아쉬운 목소리로 대답한 말라이카 팔빈이 막 생각난 듯 덧
붙였다.

─〈비밀〉에서 A팀 음향감독이었던 앤 로버츠가 지금 미국
에 있어요. 한국 촬영 때 지호를 보고 자극을 받았는지 할
리우드 감독이 되겠다면서 무작정 떠났거든요. 그동안 자포
자기 하고 돌아왔을지도 모르지만… 한번 찾아보시는 건 어

때요?

　아메리칸 드림을 꿈꾸고 할리우드에 발을 들이는 영화감독 지망생들 중 태반이 좌절하고 돌아간다. 나머지 90퍼센트는 영화나 드라마 연출부 말단 스태프로 들어가 비교적 안정적인 생활을 한다. 그리고 마지막 10프로만이 망하던 흥하던 자신의 작품을 찍는다.

　지혜 역시 이러한 현실을 알고 있었기에 큰 기대는 하지 않고 대답했다.

　"다음 학기에는 학교로 돌아가 있지 않을까? 그래도 일단 찾아볼게. 고마워. 말라이카."

　—함께할 수 없어서 아쉬워요.

　"나도."

　말라이카와 전화를 끊은 지혜는 막상 막막해졌다.

　"이 넓은 미국에서 그 앨 어떻게 찾는담."

　그때 누군가 객실 문을 두드렸다.

　똑똑.

　"누나, 저예요. 지호."

　"아! 잠시만!"

　지혜는 객실을 대충 치우고 문을 열었다.

　"좀 잤어? 귀신이 잡아가도 모르겠던데."

　"날아갈 것 같아요."

씨익 웃은 지호가 소파에 앉으며 물었다.

"스태프들은 어떻게 됐어요?"

"NFTS 친구들은 학기 중이야. 그런데 앤 로버츠가 미국에 있을 수도 있대. 할리우드에서 데뷔하겠다면서 떠났다네."

지혜가 덧붙여 물었다.

"어떻게 찾지?"

"영화를 만들겠다고 영국을 떴으면 아마 캘리포니아 주 어딘가에 있을 거예요. 우리가 찾을 수 없다면, 우릴 찾아오게 만들면 되죠."

지호는 주머니에서 지갑을 꺼내 명함을 뭉텅이로 꺼냈다.

"아카데미 시상식 당시에 TV쇼나 라디오 출연 제의를 좀 받았어요. 그땐 영화 생각만 가득해서 딱히 신경 쓰지 않았는데, 지금은 유용하게 써먹을 수 있겠네요."

"말도 안 돼. 사람 한 명 찾겠다고 방송을 나가겠다니……."

"TV보단 라디오가 좋겠어요. 앤은 음악을 좋아해서 작업할 때 항상 라디오를 듣거든요. 라디오 하니까 〈시애틀의 잠 못 이루는 밤〉 생각나지 않아요?"

〈시애틀의 잠 못 이루는 밤〉은 라디오를 매개체로 삼고 있다. 인연이 있는 사람이라면 아무리 멀리 떨어져 있어도 언젠가는 만나게 되어 있다는 것이 이 영화의 기본 주제로, 영화는 신세대의 경박한 애정을 꼬집고 있다. 사랑은 어떤 운명적인 것에 의해 이루어진다는 것을 감동적으로 담아냄으로써 인스턴트식 사랑이 부편화된 현대 사회에 경종을 울린 작품이다.

해당 작품을 감명 깊게 본 지혜는 웃으며 고개를 저었다.

"널 보면 영화가 한 사람의 인생과 사상에 참 큰 영향을 미칠 수 있겠구나 생각하게 돼."

그에 지호가 창밖으로 시선을 던지며 대답했다.

"온몸으로 메시지를 전달하는 영화들 덕분이죠. 일언반구의 설명도 없지만 조명, 색감, 구도, 연기, 대사 하나까지 우리에게 뭔가를 말해주려 하잖아요."

"그렇지 않은 영화들도 많아."

"아뇨. 흥미 위주의 영화라도 감독이 담고 싶은 메시지는 있는 법이죠. 그게 권선징악이나, 주인공의 명대사 한마디라 해도요."

여러 생각이 들게끔 하는 내용이었다.

잠시 동안 맞은편 소파에 멍하게 앉아 있던 지혜가 일어나며 말했다.

"커피 한 잔 줄게."

그녀가 커피를 타는 사이 지호는 자신의 방에서 가져온 예산안과 대본을 꺼냈다. 예산안에는 돈 들어갈 곳이 구분되어 있었고, 대본에는 각 신별로 영화의 무대가 될 장소들이 쓰여 있었다.

커피를 두 잔 내온 지혜는 그가 준비한 자료들을 한눈에 알아보고 물었다.

"평소 하던 방식대로 작업할 거지?"

"그래야죠."

대답을 들은 지혜가 연필을 꺼내 예산을 쓱쓱 적어 내려갔다. 여러 번 작업을 해봤기 때문에 대충 형태가 나오는 것이다.

그 모습을 보던 지호는 빙그레 웃으며 능청을 떨었다.

"아무 말도 안 했는데 누나 마음대로 예산을 잡아요?"

"촬영 장비 대여료를 포함한 스태프, 배우들의 인건비와 식대는 정확하지 않아. 아직 확정되지 않은 데다 이쪽 물가를 잘 몰라서."

"누나가 잡은 예산에서 플러스, 마이너스 얼마 정도 예상하세요? 제 생각에는 크게 벗어나지 않을 것 같은데."

"갑자기 새로운 대형 스타를 섭외하지 않는 이상은 3만 달러 정도? 저예산이니까."

"최소 오차 범위 내네요."

지호는 만족스러웠다.

만약 지혜가 없었다면 그는 매번 두 배 이상은 힘들어졌을 것이다. 그녀는 대부분의 일을 지호가 신경 쓰이지 않을 수준으로 척척 해냈다.

'누나만큼은 내 고정 연출부가 되어줬으면 좋겠는데.'

그의 바람일 뿐 언제 작별의 순간이 올지 몰랐다.

지혜 역시 자신의 연출부를 꾸리고 자신의 영화를 만드는
게 꿈이었기 때문이다. 실제로 많은 감독들이 누군가의 연출
부에서 독립을 하게 되고, 그래서 영화계 내부에 라인이 생겨
나게 되는 것이다.

지호는 이런 구조가 마치 뱀파이어 족보 같다는 생각이 불
쑥 들었다. 쓸데없는 생각을 하던 그는 영화의 배역과 잘 어
울리는 할리우드 조연들의 명단을 훑으며 수화기를 들고 말했
다.

"미친듯이 전화 돌릴 시간입니다."

지호와 지혜는 미리 준비한 여러 대의 전화기를 연결하고 명단에 있는 배우들의 에이전트에게 전화를 돌렸다.

몇 시간째 전화통을 붙들고 있다 보니 입이 바짝바짝 말랐다.

"감사합니다. 오디션은 일정과 장소, 대본은 메일로 보내 드리겠습니다……"

캐스팅은 주연부터 대사가 한마디라도 있는 단역까지였다. 그것만으로도 삼십 명에 이르는 배우들을 섭외해야 한다. 또한 삼십 명을 섭외하기 위해선 백오십 명쯤 오디션을 봐야 한다.

한참 만에 수화기를 내려놓은 지혜가 한숨과 함께 말했다.

"그나마 네 이름이 통해서 다행이다."

간혹 지호의 이름을 모르는 에이전트들이 보이는 태도만 봐도 알 수 있었다. 그들은 얘기를 제대로 듣지도 않고 까칠하게 나왔다.

반면 지호 이름을 들어본 에이전트들은 일단 시나리오를 받아보길 원했다.

함께 전화를 돌리던 지호가 맥없이 웃으며 고개를 끄덕였다.

"그러게요. 저를 아는 에이전트들이 생각보다 많네요."

"베니스 영화제 황금사자상, 아카데미 각본상 최연소 수상자잖아? 동양인 수상자에 필명을 사용했던 것까지 퍼포먼스도 강했고. 널 모르는 에이전트들이 일을 똑바로 안 하는 거지."

그녀 말도 일리가 있었다.

지호는 쉬는 막간을 이용해 메모지에 입력해 둔 에이전트들의 이메일을 수신자 목록에 모조리 입력한 뒤, 오디션 일정과 대본을 첨부해 발송했다.

한편 지혜는 엑스트라 인원과 개런티를 정한 다음 전문 업체에 의뢰했다.

"…우리 쪽에서 제시한 금액에 맞춰주세요. 저희 감독님과 우정을 쌓을 좋은 기회 아닌가요?"

약간 무데뽀 기질이 있긴 했지만 그녀는 흥정에 능했다.

지혜가 전화를 끊자 하루 종일 섭외에 열을 올린 지호가 말했다.

"오늘 섭외 전화는 돌렸으니 일단 회신을 기다려 보죠. 그리고 내일 오후 열 시에 라디오 프로그램 게스트로 나가기로 했어요."

"시간대 괜찮은데? 설마 야밤에 밖에 돌아다니진 않을 테니, 앤이 라디오를 자주 듣는다면 메시지가 전달될 가능성이 높겠어."

"그러길 바라야죠. 겸사겸사 영화에 대해 홍보도 할 생각이에요. 영화가 알려지기만 하면 전작들을 재밌게 봤던 사람들은 또 보러올 테니까."

지혜 역시 고개를 끄덕이며 동의했다.

"맞아. 그 사람들만 부르면 어느 정도 입소문을 낼 수 있을 거야. 배급사의 사전 홍보를 기대할 수 없는 상황이니 우리라도 적극적으로 움직여야지."

지호는 자신이 가진 모든 수단과 경험을 동원해 난관을 헤쳐 나가기로 마음먹은 상태였다.

'할리우드까지 와서 빈손으로 돌아갈 순 없어.'

한국에서 좋은 작품과 배우를 가져왔다.

따라서 그는 어떤 장애물이든 넘을 자신이 있었다.

*　　　*　　　*

지호는 라디오 프로그램이 진행되는 스튜디오로 나갔다.

일찍이 그와 통화를 했던 프로듀서가 직접 마중을 나와 안내하며 물었다.

"더 많은 청취자가 듣는 프로그램에서도 섭외 요청이 갔다고 들었습니다. 실례가 안 된다면 저희 코너에 먼저 연락을 주신 경위를 여쭤봐도 될까요? 저희 코너의 어떠한 점이 감독님께 매력으로 작용했는지 궁금해서 말입니다. 하하……."

그에 다소 빤한 대답이 돌아왔다.

"대부분 사람들이 집에 있을 평화로운 시간대에 음악 위주의 프로그램이란 점이 마음을 훔쳤습니다. 청취자들도 이야기를 들을 준비가 되어 있고, 저 역시 말을 많이 하지 않아도 될 것 같아서 부담스럽지 않았죠."

물론 앤 로버츠가 들을 것 같다는 이유도 있었지만 생략했다.

한편 이유를 들은 프로듀서는 기분이 들떴다.

"저희 프로그램의 장점을 정확히 파악하고 계시는군요. 하하하, 그렇습니다. 편안하게 임해주시면 됩니다."

살짝 미소 띤 채 고개를 끄덕인 지호가 물었다.

"차기작에 대해 홍보를 좀 하고 싶은데 괜찮을까요?"

"물론입니다. 단, 주어진 시간 한에서요."

그는 한쪽 눈을 찡긋하며 말을 이었다.

"게스트를 초대해 대화를 나누는 시간은 1시간입니다."

이후 몇 가지 주의 사항을 더 알려준 프로듀서는 지호를 투입시켰다.

생방송으로 진행되는 라디오이기에, 지호는 절로 긴장됨을 느꼈다.

그때 진행자가 편안한 음성으로 인사를 했다.

"마침내 오늘의 초대 손님이 도착하셨습니다. 지금 제 옆에 앉아계시는군요! 세계가 주목하는 영화계의 신성, 신지호 감독님을 모셨습니다! 반갑습니다, 감독님."

"반갑습니다."

진행자는 영국 출신 영화배우 휴 그랜트(Hugh Grant)를 떠올리게 만드는 외모와 음성을 지니고 있었다. 언뜻 보면 착각할 수도 있겠구나 싶었다.

'절로 마음이 편해지는 인상이야.'

지호가 생각하는 사이 진행자가 말했다.

"감독으로 데뷔도 하기 힘든 이십 대 초반의 나이에 벌써 이

력이 화려하신데요. 〈부산〉으로 베니스 영화제 황금사자상, 〈톱
스타의 일주일〉로 아카데미 각본상 수상. 같은 시기 〈잊지 못
할 순간〉, 〈플래시〉도 각본상에 노미네이트되었습니다. 더구나
이번에는 〈비밀〉이란 작품으로 한국 청룡영화제 최우수 작품상
까지 수상하셨다고요?"

"과분하게도 여러 영화제에서 좋은 평을 해주셨습니다. 그
덕분에 다음 작품을 할리우드에서 할 수 있게 되었죠."

지호는 자연스럽게 차기작에 관한 대화로 유도했다.

그러자 진행자 역시 흥미를 보였다.

"듣던 중 반가운 말씀이군요! 차기작에 대한 소개를 부탁드
려도 될까요?"

"네. 물론입니다. 이번 영화는 한 소녀가 어려운 환경을 딛
고 성숙해지는 과정을 그리고 있습니다."

"잘 만든 휴먼 드라마는 감동을 선사하죠. 〈부산〉과 〈새
벽〉에서 감각적인 연출을 보여주셨던 신 감독님이 휴먼 드라
마를 찍으신다니 절로 기대가 됩니다. 참, 감독님이 학생 때
연출하셨던 〈투데이〉도 화제가 됐었죠? 스포츠, 휴먼 드라마
장르였고 어느 정도 흥행 성적도 냈던 걸로 알고 있습니다."

그 말처럼 〈투데이〉 역시 많은 이들을 웃고 울렸다. 다른
작품들처럼 큰 영화제에서 상을 받진 못했지만, 관객들에게
지호의 이름을 각인시킨 작품이기도 했다.

〈투데이〉 촬영 당시를 떠올린 지호가 잔잔한 미소를 띠며 답했다.

"베드 엔딩 때문에 이런저런 말이 많았지만 제게는 뜻깊은 작품입니다. NFTS 스태프들과 작업한 첫 영화였고, 테일러 빈이란 좋은 배우를 알게 해주었죠."

"그 덕분에 빈 씨는 큰 인기를 누리고 있습니다. 감독님과의 우정으로 〈비밀〉에도 출연했다고 알고 있는데요."

"촬영 끝나자마자 영국에 스케줄이 있어서 돌아갔죠."

"영국의 연예 매체 피플에 따르면 테일러 빈은 '인생에 가장 큰 영향을 준 인물'로 신 감독님을 꼽았습니다. 인생작으로는 〈투데이〉를 말했고요."

"뿌듯하네요."

빙그레 웃은 지호가 말을 이었다.

"그는 조금 반항적이고 오만해 보이면서도 가슴에 열정이 가득한, 이상적인 배우입니다."

"역시 그렇군요! 제임스 딘(James Dean)이나 젊은 시절의 말론 브란도(Marlon Brando) 연상케 한다는 평이 있습니다."

진행자는 전설적인 배우들을 과감히 언급했다.

이야기를 나누다 보니 지호는 불현듯 한 가지 아이디어가 번뜩 스쳤다. 작품 초반 불안한 실력의 지원을 가르치는 피아니스트 역할로 테일러 빈을 섭외하면 어떨까 하는 생각이었다.

인지도가 높은 그를 라니 프리다와 더불어 기용한다면? 두 사람은 연일 상한가를 치고 있는 할리우드 20대 스타들이다. 이들이 함께 출연한다는 사실만으로도 한층 많은 관객들이 스크린 앞에 몰려들 터였다.

'테일러가 조연으로 출연만 해준다면.'

배역 자체는 멋지기 때문에 가능성이 충분했다.

딱 하나 장애물이 있다면 테일러가 너무 바쁘다는 것.

지호는 이런저런 생각을 뒤로한 채 진행자와 나란히 앉아 차기작에 대해 실컷 떠들었고, 작품 이야기에 돌입하자 한 시간이 훌쩍 지났다.

그리고 이내 진행자가 마지막 질문을 했다.

"즐거운 시간이었습니다. 마치기 전에 하실 말씀이 있으신가요?"

"저 또한 무척 즐거웠습니다. 때가 되면 관객 여러분께 꼭 좋은 영화를 선보이겠습니다. 많이 기대해 주시길 부탁드립니다. 그리고 사람을 좀 찾아도 될까요?"

뜬금없는 부탁에 진행자가 헛웃음을 터뜨렸다.

"하하, 물론입니다. 찾으시는 분이 누군지 궁금하네요!"

묘한 미소를 그린 지호가 마이크에 대고 말했다.

"NFTS 앤 로버츠를 찾고 있습니다."

앤을 찾는다는 말을 마지막으로 프로그램을 마치고 라디오 방송국을 나선 지호는 영국으로 전화를 걸었다.

그리고 머지않아 테일러 빈이 전화를 받았다.

─감독님! 어쩐 일이세요?

"테일러. 오랜만이에요. 잘 지냈어요?"

─학교 휴학하고 드라마 찍고, 영화 찍느라 바빠 죽겠죠. 모두 〈투데이〉 덕분입니다. 감독님 덕분이에요.

목소리에서 진심이 뚝뚝 묻어났다.

테일러 빈은 〈투데이〉의 가장 큰 수혜자였다. 유명해진 것 외에도 〈투데이〉 한 작품으로만 어마어마한 수입을 올린 것이다.

그러나 이로 인해 눈코 뜰 새 없이 바빠졌고 스케줄을 맞추기가 힘들어졌다.

'아무래도 이번 작품에 부르는 건 힘들겠어.'

막상 아쉬운 점은 테일러 빈만큼의 연기력과 영향력을 가진 배우도, 그렇게 반항적인 이미지의 배우도 흔치 않다는 것이었다.

그때 테일러 빈이 물었다.

─저보다 더 바쁜 감독님께서 연락을 주셨다면… 혹시 오디션이 있나요?

"맞아요, 테일러. 하지만 역시 힘들겠죠?"

—바보 같은 질문이에요. 감독님은 별 볼 일 없던 제 인생을 활짝 피게 해줬어요. 저를 필요로 하신다면 불구덩이라도 뛰어들 각오가 되어 있다고요!

적극적으로 대답한 테일러 빈이 이어 물었다.

—오디션 날짜가 언제죠? 제 개인 이메일 주소를 보내드리면 될까요? 영화 장르는요?

속사포 같은 질문.

예상치 못한 반응에 지호는 일순 할 말을 잃었다. 잠시 후 그는 떨떠름하게 대답했다.

"…이메일로 모두 보내줄게요."

—생각만 해도 신나네요! 다른 스케줄은 제가 알아서 할 테니 신경 쓰지 마세요, 감독님.

예상했던 것보다 이야기가 쉽게 풀렸다.

전화를 끊은 지호는 시계를 확인했다.

오후 열두 시.

'며칠 안에 모든 준비가 끝난다.'

지금 이 시간에도 지혜는 구인 공고를 내고 스태프를 꾸리고 있었다.

이제 남은 것은, 기다리는 것이었다.

*　　　*　　　*

앤 로버츠는 라스트 신을 마무리 했다. 아직 정식 데뷔를 하진 않았지만 그녀는 이미 좋은 기회를 만나 영화 한 편을 거의 다 찍은 상황이었다.

철야 촬영을 마친 스태프들이 현장을 정리하고 있었다.

그 순간 앤에게 다가온 카메라 감독이 장갑을 벗으며 말을 붙였다.

"앤. 어제 라디오 들었어?"

"라디오요?"

앤이 되물었다.

경력이 풍부한 30대의 카메라 감독은 고개를 끄덕이며 대답했다.

"스태프들도 다들 아침부터 수군대고 있다고. 정말 NFTS 다닐 때 신지호 감독이랑 연인이었어?"

"응? 무슨 연인이요? 같이 작품 두 편 했던 친구긴 하지만……."

당황하며 말끝을 흐리는 그녀를 본 카메라 감독이 고개를 갸웃했다.

"그것 참 이상하네. 보통 친구끼리 라디오 코너에 출연해서 클로징 멘트로 안부를 묻진 않잖아? 로맨틱하게스리!"

"지호가 라디오에 출연해서 절 찾았다고요?"

앤은 빠르게 이해하고 되물었다.

그러자 고개를 끄덕인 카메라 감독이 대답했다.

"응, 곧 기자들한테 연락이 갈지도 몰라. 신 감독이 그 코너에서 신작 발표를 했거든."

젊고 유능한 감독의 신작 발표는 할리우드 관계자들의 관심을 끌 만했다. 그런 식으로 시선이 집중되면 충분히 한마디 말도 기삿감이 될 수 있었다.

'그렇게 공개적인 자리에서 날 찾았다면 분명 이유가 있을 거야.'

잠시 생각한 앤이 카메라 감독에게 물었다.

"절 찾았다면 연락할 곳도 말해뒀겠죠?"

"아니, 그런 말은 없었어. 방송국에 전화를 해보면 되지 않을까?"

카메라 감독은 그녀에게 문자 한 통을 보낸 뒤 말을 이었다.

"지금 라디오 방송국 전화번호 보냈으니까 그쪽으로 전화해 봐."

"고마워요, 존."

앤은 지체하지 않고 전화를 걸었다. 그다음 관계자를 통해 순조롭게 지호가 묵고 있는 호텔의 전화번호를 받을 수 있었다. 그녀는 즉시 호텔로 전화를 연결했다.

그러자 카운터의 직원이 전화를 받았다.

―라마다 할리우드 다운타운 호텔입니다. 무엇을 도와드릴까요?

"신지호 감독님이 묵고 계신 객실로 연결 부탁드려요. 전 앤 로버츠입니다."

―잠시만 기다려주시겠어요?

얼마 후 호텔 직원이 전화를 연결해 주었다.

이내 수화기 뒤편에서 지호의 목소리가 들려왔다.

―애타게 찾은 보람이 있었네.

＊　　　＊　　　＊

살짝 미소 지은 표정의 지호가 말을 이었다.

"앤, 잘 지냈어?"

―응, 라디오에 출연해서 날 찾았다며?

"맞아."

―내가 미국에 있는 건 어떻게 알고?

"말라이카한테 들었지. 이번에 신작에 들어가게 됐거든. 넌 요새 뭐하고 지내?"

―음, 나도 막 영화를 한 편 끝내긴 했는데…….

앤의 대답을 들은 지호는 내심 놀랐다.

'벌써 한 작품을 연출했다고?'

할리우드는 실력이 검증되지 않은 감독에게 작품을 맡길 정도로 호락호락한 곳이 아니었다. 데뷔도 아직 안 한 풋내기 여성이라면 더더욱 그러했다. 할리우드는 아직도 암묵적인 남녀차별이 존재하는 곳 중 하나였기 때문이다.

"축하해. 어떻게 된 거야?"

지호가 묻는 의미를 짐작한 앤이 머쓱하게 대답했다.

―운이 트였지, 뭐. 좋은 사람을 만나 특별한 기회를 얻었어. 믿기 힘들겠지만 현지에서 개봉할 장편영화를 찍게 됐다니까?

"정말 잘됐다!"

그는 진심으로 기뻤다.

순간 앤이 설명을 덧붙였다.

―지호, 너와 같은 한국인 배우 이도원 씨가 날 끌어줬어. 그리고 웨스트마운틴 사(社)의 부사장 데니스 알렌, 그리고 네러티브 제작사의 제임스 페터젠 씨와 함께 작업하는 영광을 누렸지!

그녀와 함께 작업한 이들의 이름을 들은 지호는 깜짝 놀랐다.

"그중 두 명은 나와도 연관이 있는 이름이야. 제임스, 그리고 이도원 대표와 이번 작품을 함께하기로 했거든.

—뭐? 그게 정말이야?

앤 역시 화들짝 놀랐다. 그전까진 지호가 감독이었고, 제작자와 미팅을 모두 전담했기에 그녀는 제임스 페터젠과 직접 만난 적이 없었던 것이다. 심지어 두 사람이 협력해 여러 편의 영화를 만들었단 사실도 모르고 있었다.

고개를 끄덕인 지호가 이 부분에 대해 설명했다.

"제임스는 내 작품에 항상 도움을 줬던 제작자고, 이도원 씨와는 이번에 계약하게 됐어."

동시에 그는 다른 생각을 했다.

'두 사람 모두 눈코 뜰 새 없이 작품을 받네.'

새삼 의욕이 솟구쳤다.

한편 앤은 놀란 가슴을 진정시키며 감탄했다.

—정말 손을 뻗치지 않는 곳이 없구나?

"하하."

어색하게 웃어넘긴 지호가 본론으로 들어갔다.

"그건 그렇고, 그럼 맡은 작품은 끝난 거야?"

—응, 오늘 마지막 촬영이었어. 때마침 마무리된 셈이지.

지호가 씨익 웃었다.

"그럼 합류할 수 있는 거지?"

앤이 밝은 목소리로 되물었다.

―물론이지! 스태프는 다 구했어?

"아니, 아직. 구하는 중이야. 그런데 실력이 검증된 팀원을 구하기가 쉽지 않아."

지호의 우려 섞인 목소리를 들은 그녀는 반갑게 답했다.

―일단 내가 일주일 내로 짐 싸서 넘어갈게!

두 사람이 통화하고, 그리 오랜 시간이 걸리지 않아 앤 로버츠가 지호의 팀에 합류했다. 그와 동시에 배우 오디션이 시작됐다. 오디션 심사 위원에는 앤 로버츠, 지혜, 지호가 자리했다.

앉아서 펜을 이리저리 돌리던 지혜가 물었다.

"어차피 배역을 확인하는 자리에 지나지 않을 텐데. 이렇게 유명한 배우들을 굳이 불러서 오디션을 치르는 이유가 뭐야?"

얼결에 심사 위원으로 참석했지만 선뜻 이해가 가지 않는 부분이었다.

그에 지호가 대답했다.

"대개 할리우드에선 아무리 유명한 배우라 해도 오디션을 보죠. 전 그런 점은 닮아야 한다고 생각해요. 배우가 배역에 적합한지 확인 작업도 거치지 않고 인지도만 믿은 채 작품에 들어가는 건 신중하지 못해요. 함께 호흡을 맞춰보지 않은 배우들이라면 더더욱 필요한 과정이죠."

지혜는 그 말에 대해 수긍하고 인정했다.

"하긴, 그건 네 말이 맞아. 다만 어떤 배역을 줘도 자신만의 것으로 만들 수 있는 연기파 배우들이라서 물어본 것뿐이야. 혹시 자존심 상해할까봐."

그때 오디션 대상자들의 이름을 확인한 앤 로버츠가 끼어들었다.

"리나 프라다에 테일러 빈까지… 좀 무리하는 거 아니야? 개런티만 해도 만만찮을 텐데."

"곧 내역을 공개할 테지만 생각보다 많은 예산을 확보한 상태야."

지호는 자신만만한 미소와 함께 말을 이었다.

"만약 부족하면 사비로 메워야지."

그건 별문제가 되지 않았다. 지금껏 흥행 가도를 달렸고, 아직도 추가 수익이 계속 발생하고 있었기 때문이다. 이미 축적된 자금이 많을뿐더러 작품 활동을 계속 하는 이상 수익이 뚝 떨어질 우려는 없었다.

앤 로버츠는 어깨를 으쓱이며 담백하게 답했다.

"오케이."

오디션은 비공개 오디션으로 진행됐으며, 예정대로 미국에서 날아온 테일러 빈과 리나 프라다가 참석했다. 참가자가 둘뿐이었기에 소요되는 시간도 길지 않았다.

그들은 톱스타다운 기량을 발휘하며 압도적인 연기력으로

스태프들을 놀라게 만들었다.

앞옆에 있은 앤, 지혜와 눈을 맞춘 기호가 씨익 웃었다. '어때요?' 묻는 듯한 시선에 두 사람이 답했다.

"어디서 저런 배우들을 구한 거야?"

앤 로버츠가 경악했고, 지혜는 우려를 던졌다.

"수정 씨랑 지원이… 괜찮을까?"

지혜의 말을 들은 기호가 입을 꾹 다물었다.

'비슷한 수준일 줄 알았는데.'

그건 착각이었다.

배우들 간에 연기력 차가 크면 관객들의 몰입을 방해한다.

의자에 등을 편히 기댄 기호가 입을 열었다.

"일전에 말씀드린 것처럼, 두 분 모두 합류해 주셨으면 좋겠습니다."

소문으로만 듣던 리나 프라다를 힐끔 훔쳐본 테일러 빈이 먼저 대답했다.

"말씀드렸다시피 전 감독님 말씀이면 불구덩이도 뛰어듭니다."

그 순간 리나가 장난스럽게 추임새를 넣었다. 앞으로 한 배를 타야 할 처지이기 때문에 친근하게 구는 것이다.

"용감하시네요."

그녀는 살짝 웃으며 말을 이었다.

"제 에이전트는 펄펄 뛰겠지만, 저도 오케이입니다."

그에 테일러 빈이 혼잣말처럼 물었다.

"세상에! 리나 프라다가 조연을 하겠다고요?"

"한국까지 가서 카메오도 했는데요, 뭘."

리나는 윙크를 쏜 뒤 말을 이었다.

"이번에는 조연. 다음에는 주연! 한 단계씩 밟아가는 것 아니겠어요?"

"맙소사."

테일러 빈이 읊조렸다.

두 배우를 빤히 바라보던 앤 로버츠가 지호에게 말했다.

"한마디로 테일러 빈을 미국에서 날아오게 만들고, 리나 프라다를 한국까지 불러서 카메오시키는 감독이라니. 그 누가 상상이나 했겠어? 많은 감독들이 두 사람과 작업 한번 해보고 싶어서 안달인데."

"그거야!"

순간 손가락을 딱 소리 나게 부딪힌 지혜가 목소리를 낮췄다.

"스태프 문제는 배우들 이름값으로 해결하자. 어때?"

지호 역시 머릿속이 번뜩였다.

"좋은 생각이에요."

그는 배우들을 보며 말했다.

"두 분 모두 먼 길을 선뜻 와주셔서 감사합니다. 우리 영화를 위해 한 가지만 부탁해도 될까요?"

이내 두 배우가 고개를 끄덕였다.

"리나 씨만 오케이하시면 됩니다."

"전 이미 한 배를 탔는걸요."

대답을 들은 지호가 살짝 웃었다.

"두 분의 출연 사실을 있는 그대로 언론에 흘려주세요."

그다음 스태프 모집 공고를 낸다면 모르긴 몰라도 지원자가 두 배는 몰릴 것이다. 하지만 숫자보다 더 중요한 건 지원자들의 질적 향상이었다. 배우들의 티켓 파워를 생각하면 투자금도 늘어날 테고 촬영 환경 자체가 개선된다. 그렇게 되면 경력과 실력을 겸비한 스태프들이 지원할 가능성도 늘어난다.

테일러 빈이 먼저 고개를 끄덕이며 답했다.

"그건 제 전문이죠! 떠들썩하게 만들어 드릴게요."

리나 프라다 역시 흔쾌히 거들었다.

"안 그래도 잡혀 있는 인터뷰가 많아요. 모두 거절하고 연습에 집중하려 했었는데, 그건 안 되겠네요."

*   *   *

며칠 후 각종 매체들이 리나 프라다와 테일러 빈의 인터뷰 기사를 쏟아냈다. 처음부터 끝까지 그들의 차기작에 대한 이야기였다. 하지만 정작 작품에 대한 말보단 신지호 감독과의 우정에 대한 것이 주된 내용이었다.

그 와중에 조금 우스운 일화도 생겼다. 인터뷰 요청을 보류해 두었던 리나 프라다와 달리, 테일러 빈은 퇴짜를 놨던 기자들에게 다시 연락해서 스스로 인터뷰를 구한 것이다.

어쨌든 지호는 목적한 바를 이뤘다.

"구인 공고에 지원자가 넘쳐서 문제야. 유명 감독의 연출부에 소속돼 있었던 사람들도 꽤 돼."

지혜의 말에 앤 로버츠가 피식 웃으며 덧붙였다.

"사람이 참 간사해. 뭔가 불안정해 보일 땐 시놉시스가 좋아도 몸 사리다가 막상 예산 현황이 좋은 것 같으니 달려들잖아?"

그에 지호는 어깨를 으쓱였다.

"어쩔 수 없지. 그들도 능력에 걸맞은 대우를 받고 싶은 것뿐이니까. 많은 감독들이 스태프 인건비로 예산 쓰는 걸 아까워하는 건 엄연한 현실이잖아."

"그건 그래. 감독이야 제작사나 투자자들 눈치도 봐야 하고 배우 개런티를 얼마나 확보하느냐에 따라 영화의 흥행 가능성이 좌지우지되니까 절약하는 거라고 하지만… 사실 스태프들

입장에선 서럽지."

앤 로버츠 일정 부분 동의했다.

하지만 가장 절감하는 건 바로 지혜였다.

"그래도 할리우드는 스태프 여건이 좋은 편이야. 한국은 열정 페이로 퉁 친다니까. 지금은 많이 좋아졌다지만, 아직도 막내들은 직업 삼기 민망한 수준이야. 한 달 내내 잠도 제대로 못 자고 막일은 막일대로 다 하는데 백만 원도 못 받는 경우가 허다하니까."

문제가 많았다.

지호는 내심 다짐한 것을 입 밖으로 뱉었다.

"난 절대 그런 악덕 행위는 하지 않을 거야. 여기 모인 우리 셋만 스태프들의 대우를 제대로 해도 언젠가는 이런 말도 안 되는 대우를 바꿀 수 있다고 생각해."

그는 소파에 기대며 휴대폰 메신저 어플로 날아온 동영상을 재생시켰다. 동영상은 수정과 지원이 보낸 것이었다. 화면 안의 그녀들은 서로 연기를 주고받고 있었다.

"확실히 자극을 받았나 보네요."

지호가 말하자 지혜 역시 고개를 끄덕였다.

"오디션 녹화 영상을 봤으니 그럴 만도 하지."

절로 고개를 주억거린 앤 로버츠가 덧붙여 물었다.

"정말 괜찮겠어? 영상으로밖에 못 봤지만 배우들 영어 연기가 좀 어색하던데……."

화면에서 시선을 돌린 지호가 또렷한 눈빛을 내비치며 답했다.

"작품을 보고, 저를 믿고 미국까지 함께 온 배우들이에요. 제가 배우들을 믿지 않으면 누가 믿겠어요? 낙오자는 없습니다. 한 배를 탄 우리 모두 승리자가 될 거예요."

Chapter 10
크랭크인(Crank in)

촬영 시작 일.

지호는 촬영을 시작하며 스태프들과 배우들을 모아놓고 4절지에 그려진 스토리 보드를 보여주며 설명했다.

"첫 장면은 패닝(panning)을 이용해 찍을 겁니다."

팬(PAN)은 수평축에 따른 카메라 움직임을 말한다. 카메라를 팬하면 정면을 바라본 채 고개를 좌우로 돌리는 듯한 장면이 연출된다. 반대로 위아래로 움직이는 것은 틸트(TILT)라고 한다.

그가 말을 이었다.

"홀로 바에 앉아 있는 지원이를 보여줄 거예요. 그녀의 내레이션으로 영화가 시작됩니다."

그들은 두 대 이상의 카메라를 동원해 촬영했다. 지원이 어두운 바에 앉아 있는 장면 촬영 후, 내레이션은 따로 녹음을 하기로 협의했다.

그리고 이내 촬영이 시작됐다.

"레디— 액션!"

카메라가 들어갔다.

유리문 밖에서 지호가 촬영하는 모습을 유심히 바라보던 스태프 한 명이 현장 밖에 앉아 음향을 청취하고 있는 앤 로버츠에게 속삭였다.

"시선 유도(Lead The Eye)를 기가 막히게 하네요. 주인공이 앉은 바 위에만 촛불들을 배치해서 시선을 집중시켰어요."

"신지호 감독은 디테일한 부분 하나까지 놓치지 않아요. 미술감독님도 긴장하셔야 될 거예요. 자칫 자기 역할을 놓치고 지호의 지시에 끌려다니지 않으려면 말이죠."

앤 로버츠가 대답했다.

그녀에게 말을 붙인 스태프는 이번에 처음 함께하게 된 유명한 미술감독 제프 다이어였다.

한편 그의 놀람은 여기서 그치지 않았다. 다음 지원과 수정이 함께 등장하는 장면에서도 지호는 특이한 움직임을 보였다.

그들은 장소를 이동해 집 안에서 촬영을 했는데, 지호는 야외에서 카메라를 잡았다.

그러자 동선을 체크하며 촬영 준비를 하던 지원이 물었다.

"왜 밖으로 나가시는 거죠?"

갑작스러운 계획 변경은 배우와도 무관하지 않았기에 수정 역시 궁금한 표정을 지었다.

"스토리 보드랑은 좀 다른데? 원래 집 안에서 찍는 거였잖아요."

하지만 속 시원하게 대답해 줄 사람은 없었다. 정작 스태프들조차 의아한 반응을 보이고 있었기 때문이다.

수정이 10년은 더 늙어보이도록 특수 분장을 해주던 미란다 삭스가 답했다.

"그러게요. 감독님이 좋은 생각이 났다면서 갑자기 나가셨다고……."

모두들 수군댔다.

그리고 잠시 후, 조연출 지혜가 들어와 스태프들과 배우들에게 상황을 설명했다.

"촬영 계획이 조금 바뀌었습니다. 카메라 한 대는 원래대로 안에서 찍고, 감독님은 창문 밖에서 훔쳐보는 구도로 촬영하실 거예요. 전 시야 확보가 힘들 것 같다고 반대했지만 감독님은 지긋이 밀어붙이셨습니다. '화면 찍어보고 안 되면 자르겠다!'고요."

그 말에 다들 웃음을 터뜨렸다.

앤 로버츠도 피식 웃었다.

'여전히 막무가내네.'

그나마 다행인 것은 지호의 막무가내 판단 대부분이 맞아떨어진다는 점이었다.

한편 야외로 나간 지호는 화면 속 프레임(Interior Frame)과 3각 구도를 교묘하게 활용할 생각이었다.

'같은 장면이라도 연출에 따라 완전히 달라진다. 난 이 장면을 살려야 돼.'

그는 언제나 장면, 장면에 사활을 거는 심정으로 매달렸다. 최종적으로 만들어지는 두 시간 안에 모든 것을 보여줘야 하기 때문이다.

"좀 더 위로 올려주세요!"

지호는 크레인 위에서 지시를 내리며 카메라 위치를 잡았다.

카메라가 만드는 외곽 프레임 속 창틀로 프레임을 만들어 지원과 수정을 가두는 것이다. 이러한 화면 속 프레임은 해당 연기자를 더욱 고립시키고 두드러지게 만드는 효과가 있었다. 한

예로 영화 〈졸업〉에서 더스틴 호프만(Dustin Lee Hoffman)이 로빈슨 여사의 열린 다리 사이로 프레임 되는 장면 역시 같은 이치였다.

하지만 그걸로 끝이 아니었다.

그는 무전기에 대고 지시했다.

"수정 씨, 한 발짝만 왼쪽으로 움직여 주시고… 지원이는 오른 쪽으로 두 발자국만 이동해 주세요."

—오케이.

대답한 지혜가 배우들에게 위치를 말해주었다.

비로소 창문 안에 위치한 수정과 지원, 엑스트라 한 명의 구도가 3각형을 이루게 됐다.

이는 저절로 대상을 묶거나 관계를 형성하려 하는 인간의 눈을 감안해 조화로운 최적의 구도를 만들어내는 방법이었다.

또한 배우들의 동선이 바뀔 때에도 적합한 구도를 유지하기 유용했다.

'완벽해.'

지호는 그제야 만족했다.

마침내 관객의 몰입을 최고조로 이끌어낼 수 있겠다는 판단이 든 것이다.

그는 입을 열며 무전기에 대고 말했다.

"촬영 들어가겠습니다. 레디."

창문으로 배우들과 스태프들의 모습이 보였다. 그들의 움직임이 멈추자 무전기에서 지혜의 목소리가 들려왔다.

―준비 끝났습니다.

그리고 이내, 지호가 외쳤다.

"액션!"

＊　　　　＊　　　　＊

한국 배우들의 연기는 많은 이들이 걱정하던 부분이었다.

리나 프라다, 테일로 빈으로 구성된 조연이 너무 쟁쟁했기 때문에 당연한 우려였다.

'잘 해낼 수 있을까?'

지호는 그들의 진행 상황을 따로 점검하지 않았다. 몇 차례 동영상을 받았지만 마지막까지도 성에 차지 않았던 기억만 있었다. 그런데 지금, 리허설도 없이 현장에서 연기를 보게 된 것이다.

창밖이라도 가까운 위치여서, 그들의 움직임과 음성이 자세히 보이고 들려왔다.

지원과 수정은 마지막으로 봤던 동영상과 몰라보게 달라져 있었다.

'믿은 보람이 있네.'

지호는 빙그레 웃었다.

집 안에서 배우들을 근접 촬영하고 있던 지혜 역시 벙 쪘다.

카메라를 잡은 손에 절로 힘이 들어갔다. 배우들이 연기를 잘하면 스태프들도 장면을 버리지 않기 위해 긴장하게 마련이었다.

그 결과, 좋은 장면이 탄생했다. 모두 모여 방금 촬영한 장면을 확인한 스태프들이 나지막이 감탄사를 뱉었다.

"연출력이 압권이야."

"특히 창문을 통해 찍은 화면은 빨려 들어가는 기분인데요? 바로 몰입이 돼요."

"배우들의 연기가 한몫했지."

"리나 프라다나 테일러 빈에 전혀 밀리지 않아."

지호 역시 만족한 표정으로 화면을 보고 있었다. 그가 주목한 건 자신이 촬영한 장면이 아닌, 지혜가 잡은 장면들이었다.

비록 스태프들 입에 오르내리진 않았지만, 그는 숨겨진 주역이 지혜라는 사실을 알고 있었다.

그녀는 익스트림 클로즈업(Extreme Close up)을 다른 샷들과 교묘하게 버무려 배우들의 감정을 고스란히 담아냈다.

〈제5원소〉에서 말라요보비치(Milla Jovovich)가 전쟁의 공포를 발견했던 것처럼, 배우들의 두 눈이 감정을 말하고 있었다.

'카메라를 다루는 테크닉도 웬만한 카메라 감독 이상이야.'

지혜는 연출부의 스태프로 있기에는 아까울 만큼 다재다능했다.

실제로 작품을 연출했을 때도 영화제에서 수상을 했었다. 그러나 단점이 있다면 자신이 직접 연출을 하게 되면 독선적인 면이 있다는 점이었다.

또한 기술적인 면은 흠잡을 데 없는 반면, 다양한 시도를 하지 않는 단점이 있었다.

'교과서적이라는 건 장점이기도 하지만.'

이런저런 생각을 하며 방금 촬영한 장면들을 모두 확인한 지호는 다시 찍을 필요성이 없다고 판단하고 말했다.

"오케이하고 바로 다음 촬영으로 넘어가겠습니다."

지시가 떨어지자 스태프들은 대이동을 시작했다.

많은 장비를 싣고 장소를 이동하는 건 쉬운 일이 아니었다. 해서 대부분은 사건 순서에는 관계없이 촬영 장소별로 나눠서 촬영을 하는데, 지호는 사건순으로 촬영했다.

스태프들은 죽을 맞이고 배우들에게는 감정선을 유지하기

편했다.

그러나 지호가 이런 방식을 고집하는 이유는 스태프들보다 배우들을 아껴서가 아니었다.

'완성도를 위해선 어쩔 수 없어.'

장소 이동 때마다 그는 스태프들의 불만 섞인 표정을 보며 마음을 다잡았다.

여러 번 촬영을 함께한 스태프들도 이 순간만큼은 불만을 늘어놓는 마당에, 처음 지호와 작업하는 스태프들은 당연히 반응이 호의적이지 못했다.

다만 이들 모두 프로였으므로 감독의 결정에 전적으로 따를 뿐이었다.

지호를 태우고 다음 장소로 이동하던 지혜가 말했다.

"크레인까지 이동해가며 같은 장소를 오가면 예산도 배로 깨져."

물론 지호도 모르는 내용이 아니었다.

하지만 크레인 기법(Crane Techniques)이 반드시 필요한 장면에서 크레인을 뺄 수는 없는 노릇.

"크레인 없이 촬영할 수 있는 장면에선 최대한 예산을 줄이는 방향으로 가고, 사건 순으로 촬영하자는 말씀이죠?"

"…네 방식은 누구보다 잘 알고 있어. 영화의 완성도가 중요하다는 것도. 스태프들 모두 생각이 있다면 이해할 거야.

하지만 예산 낭비가 된다면 그건 좋은 판단이 아니라고 생각해."

지호는 가만히 생각하던 끝에 입을 열었다.

"하워드 휴즈(Howard Hughes)라는 사람이 있어요. 소설을 원작으로 한 영화 〈에비에이터〉의 실존 인물이기도 하죠. 그는 이상적인 결과물을 완성하기 위해 어떤 투자도 아끼지 않았어요. 저 또한 무엇으로도 꺾을 수 없는 완벽에 대한 집착만이 걸작을 탄생시킬 수 있다고 생각합니다. 주위에서 손가락질을 하고 괴짜라고 수군대도, 예산을 물처럼 써버려도 괜찮아요. 최고의 컨디션에서 나오는 이상적인 연기를 볼 수만 있다면 모두 감안할 수 있습니다."

지혜는 기가 질려서 대답했다.

"완벽을 위해서라면 십 원 한 장 남기지 않고 모두 써버릴 기세네. 나도 〈에비에이터〉는 봤어. 하지만 하워드 휴즈는 억만장자였잖아? 우리가 그 정도 집념을 보였다가는 한 장면도 완성하지 못하고 촬영을 접어야 할지도 몰라."

"그 사람이나 우리나 '할 수 있는 최선'을 다할 뿐이에요."

빙그레 웃은 지호가 덧붙였다.

"그리고 최선을 다한다면 우리만의 완성작이 나올 거예요. 제 손에 사유재산이 남아 있는 이상 예산이 부족해서 완성도를 포기하는 일은 없을 겁니다."

　　　*　　　*　　　*

촬영은 두 시간 뒤 허름한 골목 안에서 재개됐다.

스태프들과 배우들이 각자 자리에 위치하고, 현장으로 크레인이 들어섰다.

크레인을 빤히 올려다보던 앤 로버츠가 지혜에게 물었다.

"언니. 그런데 정말 이 장면에서 크레인이 필요한 걸까요?"

그에 지혜가 살짝 웃으며 대답했다.

"지호가 필요하다면."

그녀는 굳이 지호와 차 안에서 나눴던 대화를 되풀이 하지 않았다.

물론 스태프들 대부분이 장소를 계속 오가며 촬영하게 생긴 데다 굳이 크레인이 필요하지 않은 곳까지 크레인 기법을 이용하려 든다고 생각하고 있을 것이다.

하지만 그에 대한 대답은 지호의 몫이었다. 결과만이 그들의 불만을 일시에 해소할 수 있는 유일한 해결책인 것이다.

'지금까지처럼 잘 해낼 거야.'

지혜는 그렇게 믿었지만 한 가닥 불안감이 드는 것은 어쩔 수 없었다. 스태프들이 납득하지 못하는 결과가 돌출되는 순간 작은 균열이 일어날 테고, 그들이 탄 배는 서서히 침몰할 것이다. 그녀 역시 과거 직접 연출을 하며 겪어본 상황이었다.

반면 지호는 너무 승승장구하고 있었다. 그 자신감이 방심을 불러오진 않을까 걱정이 됐다.

이런 마음을 아는지 모르는지 크레인에 올라탄 지호가 자신만만한 얼굴로 지시했다.

"크레인 업 익스프레션으로 촬영하겠습니다."

크레인 업 익스프레션(Crane up expression)은 크레인의 상승을 통해 화면의 깊이, 움직임, 시점을 강조하고 인물의 감정적인 반응을 끌어내는 기법이었다. 영화 〈크로우〉에서 브랜든 리(Brandon Lee)가 자신의 무덤으로부터 헤쳐 나올 때도 크레인 업 익스프레션이 사용됐다.

그 순간 크레인 기사에게서 무전이 왔다.

―준비 끝났습니다.

"오케이. 대기해 주세요."

대답한 지호가 현장을 보았다. 스태프들은 모두 자리를 잡고 있고, 지원은 골목 밖에서 대기하고 있었다.

"촬영 들어가겠습니다! 롤!"

두 대의 카메라가 일제히 돌아갔다.

이내 지호가 싸인을 보냈다.

"레디, 액션!"

지원이 골목 안으로 뛰어 들어왔다. 막다른 길에 다다라서야 멈춘 그녀가 허리를 숙이며 헛구역질을 뱉었다.

그 순간 지호가 무전을 쳤다.

"크레인 올려주세요."

크레인 업 익스프레션.

동시에 지원이 고개를 들며 하늘을 올려다봤다. 언제 감정을 잡았는지 그녀는 펑펑 울고 있었다. 그러한 표정을 카메라가 고스란히 담았다.

지호는 컷을 외치는 대신 욕심을 부렸다. 그는 카메라를 든 채 크레인 난간에 걸터앉아 지원이 있는 방향을 손가락으로 쿡쿡 찔렀다.

"저게 무슨… 아!"

막 위험하다고 외치려던 크레인 기사는 이내 신호의 의미를 알아채고 크레인을 움직였다.

'가능할까?'

크레인을 조작하는 건 어려운 일이 아니었다.

다만 크레인이 움직이는 가운데 카메라는 흔들리지 않아야 쓸 만한 장면을 건질 수 있었다. 크레인 기사는 이 점을 걱정했지만 지호는 다리로 크레인에 매달린 채 허벅지로 몸을 지탱하며 카메라를 품에 안다시피 했다. 덕분에 카메라는 고정됐지만, 다리에 힘이 풀리기라도 하면 머리부터 고꾸라질 수 있는 위험한 자세였다.

크레인 기사는 나지막이 중얼기렸다.

"저게 무슨 짓이야? 미친 작자 같으니라고!"

그렇다고 크레인을 마음대로 멈출 수도 없었다.

멈추는 순간 반동으로 지호가 떨어질 수 있었기 때문이다.

고개를 절레절레 저은 크레인 기사는 크레인을 배우 쪽으로 이동시켰다.

따라서 카메라 역시 전체적인 와이드 샷(Wide shot)에서 세부적인 클로즈업(Close up)까지 밀고 들어갔다.

마치 한 편의 묘기와 같은 모습에 스태프들은 입을 쩍 벌린 채 허공을 바라보고 있을 뿐이었다.

이내 원하는 장면을 모두 확보한 지호가 위태로운 몸을 난간 안쪽으로 집어넣었고, 이를 확인한 크레인 기사가 한숨을 내쉬며 다급히 크레인을 멈췄다.

"당신 미쳤소?"

그는 크게 외쳤다.

"영화도 좋지만, 그러다 죽으면 어쩌려고 그래?"

"죄송합니다!"

지호는 크게 사과했지만 얼굴만은 만면에 웃음을 띠고 있었다. 만족할 만한 장면이 나왔다고 확신한 것이다.

'됐어!'

그는 얼굴색이 하얗게 질린 지원을 보았다. 그녀는 바로 앞까지 다가온 카메라에 당황한 기색이 역력했다. 하지만 오히려 그런 표정이 어느 때보다 자연스러운 연기를 연출해 주었다.

"아마 방금 촬영한 장면을 보면 너도 만족할 거야."

지호는 크레인에서 뛰어 내려와 그녀를 일으켜주며 말했다.

활기 넘치는 모습에 지원은 헛웃음이 나왔다.

"카메라까지 들고 다리 힘만으로 버티다니 제 정신이야? 방금 전에 너 죽을 뻔했다고."

"하이 리스크, 하이 리턴이란 말도 있잖아? 너무 성내지 마."

지호는 스태프들이 산재해 있는 방향을 보며 난감한 미소를 지었다.

"안 그래도 욕 한 바가지 먹을 것 같은데."

대부분 스태프들이 웃으며 박수를 치고 있었지만 지혜와 앤 로버츠 모두 잔뜩 굳은 표정이었다.

한편 떨어져 있는 앤 로버츠가 지혜에게 말했다.

"아무래도 우리 감독님이 정신이 나간 것 같아요."

지혜 역시 고개를 끄덕이며 동의했다.

"이번에는 그냥 못 넘어가."

그때 스태프들이 지호의 어깨와 등을 두드리며 억지로 일으켜 세우고 휘파람을 불어댔다. 촬영에 지쳐 있던 현장 분위기가 단숨에 후끈해질 만큼 뜨거운 환호였다.

이래서야 그녀들이 뭐라고 말하기도 뭐했다. 지호의 기행이 단번에 스태프들의 마음을 사로잡는 계기가 된 것이다.

그들의 반응을 살피던 앤 로버츠가 다시 입을 열었다.

"…그래도 지금 상황에 초치면 안 되겠죠?"

스태프들의 호응은 뜻밖의 상황이었다.

지혜는 팔짱을 풀며 그들을 외면했다.

"…남자들이란."

그러나 그녀도 다그칠 생각은 없는지 별말 하지 않았다.

욕을 한 바가지 얻어먹을 줄 알았던 지호는 엉겁결에 위기를 넘기자 두 여자의 눈치를 살피며 밝게 외쳤다.

"모니터링하겠습니다!"

스태프들이 박수를 치며 모여들었다.

지호는 모니터 바로 앞에서 지원과 나란히 앉아 방금 촬영한 장면을 돌려보았다.

두 사람은 연기와 연출이 완벽히 맞아떨어져 상승효과를 냈다는 것을 확인할 수 있었다.

넋을 놓고 화면을 보고 있던 지원이 혼잣말처럼 중얼거렸다.

"이건 연기에 돌입하기 전에 머릿속에 그렸던 장면이 아니야."

스태프들이 귀를 쫑긋 세웠다. 배우가 재촬영을 요구하면 방금 전에 봤던 아찔한 장면을 또다시 봐야 하는 경우가 생길지 몰랐기 때문이다. 아니면 지호의 묘기가 의미 없는 객기로 사라질 수도 있었다.

그때 그녀가 말을 이었다.

"훨씬 더 좋아. 호소력이나, 영상미나!"

완전히 만족했다는 뜻.

스태프들이 안도의 한숨을 뱉었다.

빙그레 웃은 지호가 고개를 끄덕하며 말했다.

"오늘 연기 훌륭했어. 들어가서 푹 쉬고 다음 촬영 때 보자."

지호의 말에도 지원은 앉은 자세 그대로 대답했다.

"괜찮다면 남아서 리나 프라다의 연기를 보고 싶어."

오수정은 자신의 분량이 끝나고 진작 들어갔지만, 그녀는 남아서 다른 배우들의 연기를 보고자했다.

그에 잠시 고민하던 지호가 입을 열었다.

"음, 솔직히 말하면 보여주고 싶지 않아. 지금 이대로도 베스트라고 생각하거든. 괜히 리나의 연기를 봤다가 영향을 받으면 앞으로의 연기에 독이 될 수도 있어. 그래도 볼래?"

부드럽게 타일러서 들여보내도 그만이었지만, 그는 선택권을 시원에게 두었다.

그녀를 존중하는 것이다.

이에 곰곰이 생각하던 지원이 대답했다.

"응, 보고 싶어. 어차피 나중에는 리나 프라다와 연기 호흡을 맞춰야 하니까… 같은 배우로서 뒤처지고 싶지 않아."

지호는 지원을 빤히 응시했다.

따로 보면 비교하기 힘들지만 두 사람의 연기 격차는 존재했다. 미세한 차이라고 해도 이번 영화를 촬영하는 동안 좁혀질 만한 수준차가 아니었다.

그럼에도 그는 고개를 끄덕였다.

"좋아."

간결한 대답.

스태프들은 리나 프라다와 지원의 실질적인 수준 차이를 모르기 때문에 굳이 반대하지 않았다.

하지만 지호만은 리나 프라다의 진짜 실력을 짐작하고 있었다. 리나 프라다는 현장에 들어가는 순간부터 오디션이나 리딩 때와 비교도 안 되는 에너지를 발휘하는 배우였다. 테일러 빈조차 그녀의 카리스마에 비하면 새 발의 피였다.

'분명히 큰 충격을 받을 거야.'

지호는 그런 생각을 하는 동시에 전혀 상반되는 마음가짐을 떠올렸다.

'배우의 능력을 제한해선 안 돼.'

이는 어떤 상황에서도 변치 않는 신조였다.

그는 배우의 능력을 제한하는 순간 '그저 그런 영화'가 된다고 확신했다.

작품이 완숙해 지려면 작품을 만드는 감독과 배우들의 성장이 필요했다. 그래서 명작은 촬영 기간 동안 구성원들이 끊임없이 성장한다. 처음에는 심혈을 기울였던 장면들이 나중에는 자연스럽게 연출된다.

목표를 정한 지호가 외쳤다.

"다음 촬영 장소로 이동하겠습니다!"

*　　　*　　　*

리나 프라다는 촬영 장소인 뮤지컬 극장에 도착했다. 무대 중앙에는 그랜드피아노가 보였다.

'멋지게 한 곡 뽑아보자.'

씨익 웃은 그녀가 손가락을 풀며 계단을 내려갔다.

한편 진행 스태프들을 인솔해서 촬영 현장에 먼저 도착해 있던 지혜가 무대에서 내려오며 말했다.

"스태프들은 아직 오고 있는 중이에요."

"천천히 기다리죠, 뭐."

리나는 그랜드피아노를 눈짓하며 물었다.

"연습 좀 하고 있어도 될까요?"

"물론이죠. 엑스트라나 스태프들이 도착하면 소란스러워지 겠지만."

"괜찮아요."

활짝 웃은 리나가 무대 위로 올라가 건반에 손을 올려놨다.

그녀는 눈을 감고 나직이 심호흡한 뒤 본능에 몸을 맡겼다. 자연스레 건반 위 손가락이 춤추며 아름다운 연주가 시작됐다.

그 모습을 눈으로 좇고 있던 지혜는 곧이어 몽롱한 기분에 사로잡혔다.

'웬만한 피아니스트들은 울고 가겠네. 이번 작품 들어오기 전까지 악기 하나 못 다뤘던 거 맞아?'

분명 리나는 인터뷰에서 그렇게 말했다.

그때 진행 스태프들의 통제를 받아가며 엑스트라들이 객석 을 채워 나갔다.

그들은 피아노에 가려진 리나의 모습을 못 본 채로 저마다 착각을 했다.

"누구지? 피아니스트야?"

"역시 대역을 쓰나보군."

"촬영 덕분에 공짜 연주회 보겠네."

얼마 후 이번에는 스태프들이 장비를 들고 들어섰다. 그들은 넋이 나간 채로 연주를 보고 있는 진행 스태프들과 엑스트라들을 보곤 자신이 똑바른 장소로 왔나 확인을 해야만 했다.

"오늘 연주회 있나?"

"잘못 들어온 거 아니야?"

"아니야, 아니야. 여기 맞아. 장비 내려놓고 촬영 준비해."

그들은 무대에서 좀처럼 눈을 떼지 못하며 장비를 세팅했다.

마지막으로 지호와 지원이 들어왔을 땐, 연주하던 곡이 마무리된 후였다.

밖에서나마 피아노 소리를 들었던 지호가 무대 아래에 있는 지혜에게 다가가 물었다.

"설마 리나 프라다예요?"

"맞아."

지혜가 어깨를 으쓱이며 덧붙였다.

"피아노 못 친다더니 뻥이었어."

"그새 익혔거나 말이죠."

말을 받은 지호는 지원의 표정을 살폈다.

그녀는 리나 프라다가 앉아 있는 피아노를 바라보고 있었다.

'드디어……!'

할리우드 최고의 여배우와 조우하는 순간이었다. 그녀의 연기를 바로 앞에서 볼 기회가 다가오고 있었다.

한편 무대 위에 있던 리나 프라다는 지호를 발견하고 피아노에서 나왔다.

"감독님!"

그녀는 털털하게 인사하고는 지혜에게 고개를 돌렸다.

"같은 곡 반복해서 듣느라 지겹죠? 사실 이 곡밖에 칠 줄 몰라요."

리나는 혀를 쏙 내밀며 배시시 웃었다. 그러고는 다시 지호를 보며 물었다.

"오늘 아침 일찍부터 촬영하셨죠?"

"맞아요, 여기가 마지막이죠."

그는 주위를 둘러보며 말을 이었다.

"연주 장면은 긴 촬영이 될 거예요. 수십 번 연주해야 할지도 몰라요."

"걸림돌이 되지 않게 열심히 임할게요, 감독님."

리나는 예의 그 아름다운 미소를 내보였다.

그녀가 굳이 자리의 모두를 안심시키는 이유는 연주자가 NG를 낼 경우 언제까지고 촬영이 지속될 수밖에 없기 때문이었다.

객석을 가득 채운 채 연주를 감상하게 될 엑스트라 쪽에서

NG를 낼 확률은 적었다. 자연스럽게 리나에게 책임이 편중될 수밖에 없는 상황.

지호는 그녀의 부담을 덜어주었다.

"가장 큰 위험 요소는 감독이죠. 오케이 싸인이 떨어지기 전까지 촬영은 계속되니까요."

리나는 어차피 매 순간 최선을 다할 터였다. 피아노를 이만큼 연습해온 것만 봐도 알 수 있었다. 노력 없이 단기간에 방금 전과 같은 연주를 보이는 것은 모차르트가 살아 돌아와도 힘든 일이었다.

지호는 자신에게로 모든 책임을 돌리며 말을 이었다.

"계속 건반을 두드리다 보면 손가락에 무리가 갈 수도 있어요. 심신이 지칠 수도 있죠. 그땐 지체 말고 쉬었다 하자고 말씀해 주세요. 이 장면은 중요한 장면이고, 전 까다로운 감독이기 때문에 무수히 반복해야 할 거예요. 우린 단거리 달리기가 아닌 마라톤을 해야 할 겁니다."

스태프들이 장비 이동을 끝마치자 일각에선 촬영 준비가 이루어졌다.

청바지에 흰색 무지티를 입고 있던 리나는 검은색 롱 드레스로 갈아입고 인상이 짙어지는 메이크업을 한 상태로 피아노에 앉았다.

지호는 렌즈 세척용 티슈에 세척액을 묻혀 카메라 렌즈를 닦았다. 그다음 이동하는 동안 내려앉은 먼지를 낙타털 솔로 깨끗이 제거하고, 크로커스 천으로 닦은 뒤, 카메라용 기름으로 기름 처리까지 마쳤다.

이외에도 그가 허리에 두른 포켓에는 소형 드라이버 세트, 엘런 렌치 세트, 여분의 필름 코어. 족집게, 가위, 6인치의 뾰족한 프라이어와 가변 렌치, 유리용 색연필, 분필, 컨트라스트 뷰잉 글래스, 압축 공기 캔, 50피트 줄자, 전등 달린 돋보기가 들어 있었다.

따라서 유사시에도 당황하지 않고 늘 직접 처리하는 편이었다.

준비부터 촬영까지 이어지는 부분들이 감독을 꿈꾸는 스태프들에게도 영향을 미쳤다.

특히 지호를 가까이서 봐왔던 지혜는 더욱 큰 영감을 받았다.

'신뢰할 수밖에 없는 이유를 온몸으로 보여주니 짧은 시간 안에 인정받고, 스태프들도 군말 없이 따르는 거지.'

어중간한 감독이 지호 같은 방식으로 촬영을 한다면 원성을 살 것이다.

지호는 이름값만으로 모두를 침묵시킬 만큼 할리우드에서 알려진 감독이 아니었다. 그의 이름 하나로 모든 게 통용되는 건 한국뿐이었다.

문득 지혜는 스태프들의 면면을 훑었다.

전과 달리 대부분이 현장에서 잔뼈가 굵은 베테랑들이었다.

'이번에야말로 뛰어난 각본가, 상복 많은 감독에서 벗어나 세계적인 감독이 될 수 있을지도.'

그녀는 절로 기대감에 부풀었다.

훌륭한 각본, 압도적인 연출력을 가진 감독, 최고의 배우, 유능한 스태프들을 두루 갖췄다는 생각이 들었기 때문이다.

지혜가 이런저런 생각에 잠겨 현장을 뛰어다니고 있을 무렵, 지호는 피아노에 기대어 리나와 지금부터 촬영할 장면에 대한 이야기를 나눴다.

"NG 없이 단번에 오케이가 나올 리는 없겠지만, 일단은 두 대의 카메라로 각기 다른 구도에서 두 번 촬영할 계획입니다."

그는 콘티를 보여주었다.

"각각 이런 구도에서 촬영하게 될 거예요."

한 장면에 콘티가 4장이었다.

그 덕분에 리나는 자신이 나올 장면을 그림으로 일목요연하게 볼 수 있었다.

"철저하게 준비하셨네요. 감독님의 배려로 배우들도 연기하기 편하겠어요."

"사실 대부분은 콘티를 보여주지 않아요."

지호는 전혀 뜻밖에 대답을 했다.

그에 의도가 궁금해진 리나가 되물었다.

"이렇게 정성들여 준비한 콘티를 보여주지 않는다고요?"

"네, 콘티를 보여주면 오히려 배우들의 연기에 독이 될 수 있거든요. 콘티를 따라가려다 카메라 구도를 의식하게 되는 거죠. 그러면 의식적인 연기… 즉, 어설픈 연기가 나올 확률이 높아요."

"연기에 대해 잘 아시네요."

감탄한 그녀가 이어 물었다.

"그럼 제게는 왜 보여주신 거죠?"

"카메라 구도를 의식하면서도 본능에 충실할 수 있는 배우라고 생각하기 때문에 그저 참고용으로 보여드린 겁니다."

지호는 대수롭지 않게 대답했다.

그러나 리나는 흥미롭게 눈을 반짝였다.

의도된 건지, 본능적인 건지는 몰라도 지호는 질문을 유도한 뒤 칭찬을 했다. 일견 자연스러워 보이지만 이런 대화 방식은 배우 입장에서 특별한 대우받고 있는 듯한 느낌을 주었다.

'자신감을 불어넣을 줄 알아.'

동시에 지호가 말을 이었다.

"피아노 연주만 끊임없이 흘러나오면 됩니다. 그 외에는 리나가 자유롭게 연기해 주세요. 카메라는 신경 쓰지 않으셔도 저절로 따라갈 겁니다."

"한번 해볼게요."

대답한 리나가 생긋 웃었다.

마주 미소 지은 지호가 피아노에 카메라 한 대를 달고, 무대에서 내려갔다. 그는 나머지 한 대의 카메라를 어깨에 짊어진 채로 크레인에 올라탔다.

"촬영 들어가겠습니다. 모두 준비해 주세요."

무전을 치자 스태프들이 각자 자리 잡은 상태에서 손가락을 동그랗게 말아보였다.

이내 크레인 기사에게서 무전이 왔다.

─일전에는 간 떨어질 뻔했어요. 이번에는 목숨 걸지 마쇼, 감독님!

"조심하겠습니다."

애매하게 대답한 지호가 무전기에 대고 지시를 내렸다.

"크레인 프론트 투 톱으로 찍겠습니다."

크레인 프론트 투 톱(Crane Frint To Top)은 카메라가 대상의 정면에서 출발해 앞으로 이동하는 동시에 위로 상승한다.

움직임이 끝나면 카메라는 대상의 머리 위에 위치한 상태로 아래를 내려다보게 된다. 이 같은 극적인 움직임은 화면에 성격을 부여할 수 있었다.

〈헬레이저〉의 주술 장면이나 〈제5원소〉 도입부의 신전 장면에서도 사용되었던 카메라 기법이었다.

지호는 카메라 스위치를 누르며 말했다

"카메라 롤."

그러자 지혜가 관객 역할의 엑스트라들을 향해 외쳤다.

"싸인 들어가면 연기해 주세요! 연주회에 오셨다 생각하시고 편하게 리나 프라다의 연주를 즐겨주시면 됩니다!"

장내가 정리되자 마침내 현장을 한눈에 바라보던 지호가 싸인을 보냈다.

"레디— 액션!"

마침내 촬영이 시작됐다.

리나가 날숨을 길게 쉬고 손을 풀었다. 그녀는 무표정하게 있었지만 평소보다 차가워 보였다. 그러나 두 눈은 표정과 상반되는 강렬한 욕망을 담고 있었다.

카메라 앵글을 통해 리나의 얼굴을 보고 있던 지호는 신기한 기분이 들었다.

'어떻게 무표정 속에 저런 강렬한 감정들이 내포될 수 있는 걸까? 어떻게 표정 변화도 없는데 누가 봐도 느낄 수 있을 정도로 큰 에너지를 뿜어낼 수 있지?

스태프들과 객석에 있던 관객 역할의 엑스트라들 역시 영혼이 집을 나간 표정이었다. 그리고 그들을 단숨에 몰입시킨 리나가 이내 연주를 시작했다. 피아노 소리가 몰입된 정신을 잡아당기는 느낌이었다.

지호는 좋은 꿈을 꾸고 있는 것처럼 깨어나기 아쉬운 마음이 들었지만, 그래도 정신을 차려야 했다. 카메라 화면에 집중한 그는 순간 놀라고 말았다.

분명 카메라를 신경 쓰지 않아도 된다고 했는데 리나는 자신의 얼굴 각도까지 세심하게 신경 쓰고 있었다.

모든 동선이 카메라 구도를 고려해 만들어지고 있는 것이다.

그럼에도 전혀 신경이 분산되지 않고 완벽히 심취한다.

'노력으로 될 수 있는 수준을 벗어났어. 리나가 보여주는 건 경험만이 만들어낼 수 있는 재능이다.'

지호는 그런 판단을 내렸다.

리나 프라다가 아역 때부터 쌓은 10년이 넘는 촬영 경험이 빛을 발하고 있는 것이다.

이런 센스는 연출자를 보다 수월하게 만들어 준다. 달리 말해, 카메라 감독의 실력이 약간 부족해도 연기로 커버할 수 있다는 의미였다.

문제는 그녀를 지켜보고 있을 한 사람이었다.

같은 배우인 지원은 리나를 보며 거대한 산을 마주한 기분이었다.

'나와는 차원이 달라.'

자신과 동갑인데 오수정만큼의 노하우를 보여주고 있었다.

더불어 이제껏 본 적 없는 본능적인 감각을 소유하고 있다. 차라리 신기에 가까웠다.

그사이 리나는 계속해 연기를 펼쳤다. 연주, 움직임, 표정의 삼박자가 완벽했다. 카메라는 그녀가 이끄는 대로 그저 찍기만 하면 된다.

지호는 크레인 업(Crane up)과 함께 룩 다운(Look down)했다. 크레인이 리나의 머리 위로 올라감에 따라 촬영 각도를 아래로 움직이는 것이다.

크레인이 상승하는 속도와 카메라가 고정된 채 내려가는 속도, 움직임의 폭이 정확히 일치해야만 했다. 그리고 그는 언제나와 같이 완벽했다.

*　　　*　　　*

"완벽해요."

스태프들이 한 목소리로 말했다.

지호 역시 고개를 끄덕였다.

"저도 오케이입니다."

그러나 리나는 무언가 마음에 들지 않는 표정으로 물었다.

"카메라 구도나 움직임은 너무 좋은데 연기가 아쉬워요. 방금 찍은 것은 일단 보류하고 다시 한 번 찍을 수 있을까요?"

대부분 납득하지 못하는 얼굴이었다.

리나의 연기는 어느 때보다 좋았다.

지금의 장면보다 완벽한 것은 떠올리기 힘들었다. 몇 번을 더 찍어도 결과는 지금만 못할 터였다. 대부분이 '시간 낭비'라고 생각하는 분위기였다.

지호 역시 같은 생각이었지만 그는 리나의 열정을 잠재우는 대신, 활활 타도록 기름을 붓는 쪽을 택했다.

"얼마나 다른 장면이 나올지 궁금하네요. 한 번 더 가보죠."

이런 훌륭한 장면을 탄생시킨 감독과 배우가 재촬영을 고집하자 스태프들은 고분고분하게 양보했다.

그들은 제자리로 돌아가면 분분히 외쳤다.

"한 번 더 가겠습니다!"

"더 멋진 장면을 만들어 봅시다!"

"화이팅!"

후끈한 에너지로 현장이 가득 찼다.

크레인에 오르며 지호는 내심 걱정이 들었다.

'옳은 판단을 한 걸까?'

불안한 지혜의 표정이 못내 마음에 걸렸다. 그녀는 딱히 반대 의견을 내비치지 않았지만, 지호는 그녀가 하려던 말을 짐작할 수 있었다.

'배우의 말대로 재촬영을 했다가 원하던 만큼의 결과물이 안 나오면 모티어 백이 빠질 수 있어.'

단숨에 지금의 열정이 식어버릴 수 있다.

반면 재촬영을 하지 않고 여세를 몰아 다음 촬영으로 넘어간다면, 지금의 컨디션은 그대로 가져가되 일말의 아쉬움이 오히려 자극제가 될 수 있을 터였다.

이러한 걱정은 머지않아 현실로 드러났다. 같은 구도에서 다시 촬영을 해봤지만 이전과 같은 폭발력이 나오지 않은 것이다. 이는 배우의 리듬이 깨지는 결과를 초래할 수 있었다.

스태프들의 걱정 어린 시선이 리나의 얼굴로 향했다.

그녀는 굳은 표정으로 모니터에서 시선을 떼지 못하고 있었다.

"형편없네요. 마음 같아선 한 번 더 촬영하자며 조르고 싶지만……."

마침내 리나가 입을 열었다.

지호를 비롯한 스태프들의 표정이 어두워졌다. 그녀 말대로 재촬영을 계속해봐야 밑 빠진 독에 물 붓기로 에너지만 낭비하게 될 터였다.

그러나 리나는 프로였다. 그녀는 물러날 때를 잘 알고 있었다.

"다음 촬영으로 넘어가야 될 것 같아요. 괜히 고집 피워서

죄송합니다."

자신의 에너지를 관리할 줄 아는 배우였다.

미련 없이 접는 모습을 본 스태프들이 손사래를 치며 리나를 위로했다.

"아녜요, 지금도 충분히 멋졌습니다. 이전 장면이 너무 잘나왔을 뿐이에요."

"당신은 최고의 여배우입니다, 리나."

"프라다 씨의 부탁이라면 수십 번도 촬영할 수 있습니다. 으하하!"

"맞아요! 전혀 힘들지 않은 걸요?"

리나는 흔히들 상상하는 전형적인 모습의 스타 같지 않은 겸손한 태도로 인심을 얻는다.

빙그레 웃은 지호가 고개를 끄덕이며 말했다.

"이대로 순조롭게 진행된다면 예정했던 것보다 촬영이 단축될 것 같습니다. 촬영 끝나고 아쉬움이 남는 장면만 다시 촬영하는 쪽으로 진행하죠."

"정말이죠?"

리나는 뛸 듯이 좋아했다. 다른 스태프들도 기꺼이 수긍하는 눈치였다.

한편 지원은 입술을 깨물고 있었다. 리나의 재능을 질투해서가 아니었다. 그녀는 스스로 이번 촬영을 참관하는 목표와 각오를 다지고 있었다.

'지금 실력으로는 리나 프라다 씨와 경연을 펼치기에 턱도 없어. 여기서 하나라도 얻어가야 돼.'

두 여배우가 피아노 연주로 경연을 펼치는 장면이 있었다. 더욱이 그 장면은 교차편집이 될 예정이었다. 영화의 클라이 맥스에서 관객들의 긴장감을 최고조로 끌어 올리려면 어느 한쪽도 뒤처지지 않는 카리스마를 뿜어내야 했다.

지원은 부담을 느끼는 한편, 촬영을 참관하기로 한 자신의 판단이 옳았다고 확신했다.

'촬영 기술과 편집의 도움을 받아서 만들어지는 장면은 원치 않아. 진짜 연기 대결을 펼치고 싶다.'

『기적의 연출』 6권에 계속…

초대형 24시 만화방

신간 100%, 샤워실, 흡연실, 수면실(침대석), 커플석, 세탁기 완비

▪ 시흥 정왕25시점 ▪

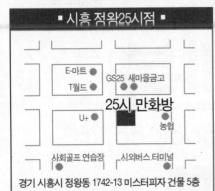

경기 시흥시 정왕동 1742-13 미스터피자 건물 5층
031) 319-5629

▪ 강북 노원역점 ▪

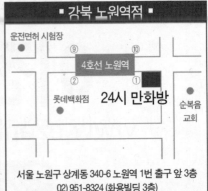

서울 노원구 상계동 340-6 노원역 1번 출구 앞 3층
02) 951-8324 (화용빌딩 3층)

▪ 일산 정발산역점 ▪

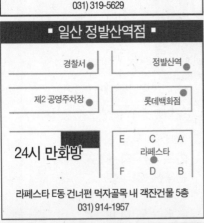

라페스타 E동 건너편 먹자골목 내 객잔건물 5층
031) 914-1957

▪ 일산 화정역점 ▪

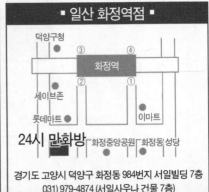

경기도 고양시 덕양구 화정동 984번지 서일빌딩 7층
031) 979-4874 (서일사우나 건물 7층)

▪ 부천 역곡역점 ▪

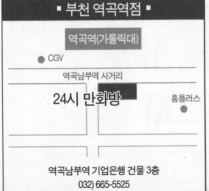

역곡남부역 기업은행 건물 3층
032) 665-5525

▪ 부평역점 ▪

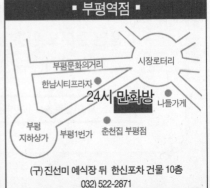

(구)진선미 예식장 뒤 한신포차 건물 10층
032) 522-2871

미러클
테이머

인기영 장편소설
FUSION FANTASTIC STORY

MIRACLE
TAMER

이계로 떨어져 최강, 최고의 테이머가 되었다.
그러나… 남은 것은 지독한 배신뿐.

배신의 끝에서 루아진은 고향, 지구로 되돌아오게 되는데……
몬스터가 출몰하기 시작한 지구!
그리고 몬스터를 길들일 수 있는 테이머 루아진!
그 둘의 조합은……?

『미러클 테이머』

바야흐로 시작되는
테이머 루아진과 몬스터들의 알콩달콩한
대파괴의 서사시!!

Publishing CHUNGEORAM

유행이 아닌 자유추구 -
WWW.chungeoram.com

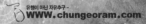

철순 장편소설
FUSION FANTASTIC STORY

괴물 포식자

지구 곳곳에 나타난 차원의 균열.
그것은 인류에게 종말을 고하는 신호탄이었다.

『괴물 포식자』

괴물을 먹어치우며 성장한 지구 최강의 사내, 신혁돈.
그는 자신의 힘을 두려워한 인류에 의해
인류의 배신자라는 낙인이 찍히고 죽게 되는데…

[잠식이 100%에 달했습니다.]
[히든 피스! 잠들어 있던 피닉스의 심장이 깨어납니다.]

불사의 괴물, 피닉스의 심장은
신혁돈을 15년 전으로 회귀하게 한다.

먹어라! 그리고 강해져라!
괴물 포식자 신혁돈의 전설이 시작된다!

Book Publishing CHUNGEORAM

유행이 아닌 자유추구 -
WWW.chungeoram.com

이모딜 퓨전 판타지 소설
FUSION FANTASTIC STORY

용병들의 대지
Road of Mercenaries

이 세계엔 3개의 성역이 존재한다.
기사들의 성역, 에퀘스.
마법사들의 성역, 바벨의 탑.
그리고… 그들의 끊임없는 견제 속에 탄생하지 못한

『용병들의 대지』

전쟁터의 가장 밑을 뒹굴던 하급 용병 아론은
이차원의 자신을 살해하고 최강을 노릴 힘을 가지게 된다.

그의 앞으로 찾아온 새로운 인생!
아론은 전설로만 전해지던
용병들의 대지를 실현시킬 수 있을 것인가!

Book Publishing CHUNGEORAM